雨の降る日は学校に行かない

相沢沙呼

集英社文庫

目次

本文デザイン／アルビレオ

ＪＡＳＲＡＣ 出 1710084-701

雨の降る日は学校に行かない

本書は二〇一四年三月、集英社より刊行されました。

初出「小説すばる」
ねぇ、卵の殻が付いている　2012年7月号
好きな人のいない教室　2012年10月号
死にたいノート　2013年2月号
プリーツ・カースト　2013年4月号
放課後のピント合わせ　2013年5月号
雨の降る日は学校に行かない　2013年9月号

ねぇ、
卵の殻が付いている

「ねぇ、卵の殻《から》が付いているよ」

サエは手を伸ばして、制服のニットにこびり付いていたそれを取ってくれた。さっき食べたゆで卵の殻。なんだかこそばゆくて、声を上げて笑っちゃう。無愛想な色合いの机の表面で、白い絨毯《じゅうたん》みたいに広がったティッシュ・ペーパー。積み重なる、卵の殻くず。サエは自分のゆで卵をハンカチでくるむと、机を使って慎重に罅《ひび》を入れていく。まるで化石の発掘みたい。

あたしはもう、給食を食べ終えてしまった。飲み干した牛乳パックのストローをくわえて何度かすすってみると、空気の抜ける間抜けな音が鳴り響く。ちょっとウケる。ずるずる言いながらパーティションを出ると、パソコンに向かっている長谷部《はせべ》先生は、忙しいのか知らんぷり。空気をストローに送り込むと、かすかにパックが広がって、牛乳の匂いが鼻を突く。いやな手触りのする再生紙に指を食い込ませて、中を広げた。

洗面台で牛乳パックを洗っていると、パーティションの奥から賑《にぎ》やかな声が聞こえてきた。ねぇ！　ナツ！　ちょっと来て来て！　宝くじでも当たったみたいなはしゃぎようで、なんとなーく予感がした。

「どうしたの。また大当たり？」

ガリガリ君で当たりが出たって、小学生でもそんなに喜ばないのになぁ。

四人がけのスチール机には、給食のお盆が二つ仲良く並んでいる。そこに座っているサエは、とても誇らしげに手にしている卵を掲げた。綺麗《きれい》に殻を剝《む》かれて、傷ひとつついていない、つるりとした輪郭。窓から入り込んでくる陽射《ひざ》しに照らされて、瑞々《みずみず》しく輝いていた。それを三百六十度、いろんな角度で見せてくれる。ほんとうに、傷ひとつなかった。

「卵の白身をね、傷つけないで綺麗に剝くことができたら、その日は一日じゅう、いいことがあるんだよ」

そんなことを真顔で言っちゃう中学二年生って、普通はいない。けれど、サエはそういう子だ。テレビでやってる星座占いの結果を、毎朝、あたしのぶんまで教えてくれる子。ねぇねぇ、昨日ね、流れ星見ちゃったんだけど、願いごとする暇なんかぜんぜんなくってもうチョーショックぅ、なんて、悔しそうにはしゃぐこと、一度や二度じゃない。

初めてこの場所でゆで卵を食べたとき、彼女はとても大切にしている秘密を打ち明けるように、あたしにそのおまじないを教えてくれた。

もちろん、そんなこと、あたしはぜんぜん信じてない。それなのに、あれから毎日、ゆで卵を丁寧に剝くようになってしまった。だって、もしかしたらって思うじゃん。もしそれで自分の身に幸運が訪れたら、もうけもの。あたしたちって、毎日ゆで卵を食べているから、挑戦する機会なんていくらでもあるんだもの。成功したら、タダでラッキーがやってくるってこと。けれどケータイで調べてみたら、卵の剝きやすさって、ゆで方によって違うみたい。どうやら、母さんのゆで方だと綺麗に剝くのは大変らしくて、まったく傷つけずにっていうのは、すごく難しいらしい。

だから、あたしは毎日、幸運じゃない。

「ラッキーじゃん。久しぶりじゃない？」

そう言うと、サエは卵を手にしたままにっこり笑う。うん、今日は絶対いいことある気がする！　そんなふうに言われると、その無邪気なしあわせが、あたしにまで伝染しそう。

サエはとても美味《おい》しそうに卵を食べていた。あまりにもしあわせそうだったから、彼女のぶんまで牛乳パックを洗ってあげることにした。洗面台の蛇口《じゃぐち》をひねると、パーティションの奥からサエの鼻歌が聞こえてくる。ねぇ、ナツ、食器はわたしがさげてくるね。彼女はプラスチックの乾いた音を響かせて、それぞれ一つに重ねた食器を手に、保健室を出て行った。

ハンカチで手を拭《ぬぐ》う。牛乳くさい。サエがいなくなると、ここはとたんに静かになる。心地よく時を刻んでいく壁時計の音は、まるでメトロノームのリズムみたい。もう、午後の授業が始まってる時間。長谷部先生に気づかれないよう、ベッドにごろんと転がって、毛布の感触に頰《ほお》を押しつける。

窓に眼を向けると、サッカーの授業をしている男子たちの姿が見えた。この暑いのに、犬みたいにボールを追いかけ回して、ばかみたい。ここはエアコンが利いているから、炎天下の陽射しや、教室の生ぬるい空気とは無縁で、ちょー快適。体育って、なんのためにあるのか、よくわかんない。そりゃ、運動のできる子はいい思いをするかもしれないけれど、大抵の子は、みじめな思いをするだけなんじゃないの。バレーみたいにチームを組む授業なんて、ほんとに最悪だと思う。失敗して、赤っ恥をかいて、みんなに舌打ちされて。あんなの、先生公認のいじめみたいなもんじゃん。

エアコンの風が頰をくすぐる。最近、ちょっとださくなってきた前髪が、眉《まゆ》の上で揺れていた。サエが戻ってきたのかもしれない。パーティションの向こうで先生と話しているのが聞こえてくる。「ほらほら、課題は終わったの？　そろそろ勉強しないとだめだよ」はーいという柔らかい声。あたしはベッドを抜け出して、スチール机に戻った。散らばっているノートやペンをかき寄せて、残っている課題に眼を通す。今日中に終わらせるの、めんどくさー。

「先生が、眼を光らせております」

戻ってきたサエは、笑うのを堪《こら》えているような表情で、そう報告した。

「もういいじゃん。残りは明日でさー」

甘えた声を出して机に突っ伏すと、だーめ、ほら、しゃきっとする！　と長谷部先生が顔を覗《のぞ》かせた。サエも席に着いて、あたしたちは慌ただしく背筋を伸ばし、しゃきっとしたフリで、ノートと教科書を広げた。

＊

かすかな気配を感じて、あたしたちは顔を見合わせた。サエは課題を終わらせて、数学の問題集を開いているところだった。身構えるように、ほんの少し息をひそめる。淡いクリーム色の仕切り壁の向こうで、失礼しまーすと声がして、扉が開く音。女子の声だった。サエと眼を合わせて、笑みを交わす。これから、あたしたちはかくれんぼみたいにして、気配を消さなきゃならない。息を漏らしたり、物音を立てたりしたら負け。ここにあたしたちがいるっていうこと、気づかれないように。これって、だるまさんが転んだに似ている。ちょっとでも動いたら、パーティションの向こうまで気配が伝わってしまうから。

やってきた女の子はどこかを擦《す》り剝いたのか、怪我《けが》をしたらしかった。壁向こうの長谷部先生との会話から、なんとなくわかる。これが熱とか生理とかだと最悪な一日になる。なんたって、ずーっと息を潜めて過ごさなきゃならない。開き直っておしゃべりをしようものなら、先生に怒られる。

仕切り壁の向こうで、先生が女子の怪我の具合を見ている。あたしはサエの肘《ひじ》をつついて、こちらを向かせる。頬をふくらませて、へんな顔を作った。サエは笑いを堪えて、けれど、ウケてるってことを伝えたいのか、お腹《なか》を抱えながら、サイレントに爆笑を表現した。ちょっとナツったらやめてよもう！　そんな台詞《せりふ》を口パクで発しながら、彼女はぱたぱたと手を振って、あたしを叩《たた》く。今のところ、サエの劣勢。あたしはまったくの無音。くすぐってやろうと思って彼女の脇腹に手を伸ばした。彼女が身をよじって、椅子《いす》が鳴る。とたん、二人して石になったみたいにしばらく身体《からだ》が硬くなる。大丈夫。気づかれてない。ふっと息を漏らすと、二人してくすくす、また笑いが込み上げてくる。

「ちゃんと洗い流さないとだめね。なっちゃん、トイレットペーパー、持ってきてくれる？」

パーティションの向こうから呼ばれた。笑いが収まり、力のこもっていた頬から徐々に力が抜ける。サエは、スイッチの切れた人形みたいに無表情になって、あたしを見上げた。

「なっちゃーん」という呼び声。はいはい、聞こえてます。聞こえていますよ。最近の長谷部先生は容赦《ようしゃ》がない。トイレットペーパー？　そんくらい、自分で取ればいいじゃん。椅子を少しおおげさに引いて、物音で了解をしらせた。軽く息を吸って、トイレットペーパーが積まれている戸棚に向かう。ここは、パーティションの向こうからも見える位置。戸口の方をちらっと見ると、蛇口で傷を洗い流している女子の姿が見えた。体操服姿で、三年生だというのがわかる。トイレットペーパーを取り出し、俯《うつむ》いたまま先生のところへ歩いた。三年生の子から視線を浴びているような気がして、顔を上げられなかった。

先生にトイレットペーパーを押し付けて、他の用事を頼まれる前にその場から離れる。椅子についてすぐ、聞こえた。教室だったら届かないはずの、かすかな声だった。

「あの子、どうしてここにいるんですか？」

頬がほてる気がした。

「保健委員なの。手伝ってもらってるんだ」

長谷部先生は笑って嘘《うそ》をつく。

三年生は、ありがとうございましたと言って保健室から出て行った。

扉が閉まると、息が漏れた。

いつもだったら、このタイミングであたしたちはお腹の底から笑い出す。くすくすと堪えていたなにかが身体から溢《あふ》れ出てきて、おかしくてたまらなくなってしまう。気づかれなかったね。だねー。けど、サエってばペン落としたっしょー。あれはヤバイって。

そういうナツだって、せきしてたじゃーん、とか、そういうふうに。けれど、今日はそうならなかった。机の上に置いたままのプリッツの箱を引き寄せて、それを一本取り出す。あたしは、べつに、なんでもないし、気にしてませんよって顔をして、プリッツをくわえる。サエの視線を頬のあたりに感じていた。

「課題、ちゃんと終わった？」

長谷部先生がパーティションから顔を出して、そう聞いた。

あたしはくすぶる不満を表情に出しながら、仕方なく口を利いた。だって、サエは黙ったままだったから。

「サエなんか、問題集やってるよ。偉くない？」

「へぇ、数学か」長谷部先生は問題集を覗き込んだ。「あたし、数学ってだめだったんだよね。あ、今でもそうなんだけど、二桁の引き算が苦手で。27ひく9とか、そういうの」

「それ、数学じゃなくて算数じゃん」

そんくらい、あたしにだってできる。なにそれー、とサエは声をあげて笑った。算数ができなくても、保健室の先生にはなれるみたい。

「最近、サエちゃんは勉強熱心だね」

長谷部先生は感心したように言った。あたしはプリッツをかじりながら、サエの問題集のページを開いて、どれか自分にも解ける問題はあるだろうかと探していた。知らない式ばっかり書かれていて、すぐに閉じてしまったけれど。

サエは先生を見上げて頷《うなず》く。

「遅れてるぶん、取り戻さないといけないと思って」

あたしはサエの、よくリンスされた長い髪を眺めていた。彼女の横顔は、なにか言いにくそうにためらったあと、勢い込んで言った。

「わたし、来週から教室に戻ろうと思うんです」

この場所は、いつも消毒液の匂いがするんだ。けれどサエの近くにいると、彼女のシャンプーの匂いが鼻をくすぐって、このパーティションの中にいるのは、あたしだけじゃないんだってことを、実感できる。

サエの言葉を聞いて、歯に力が加わる。

くわえていたプリッツが、ぽきりと折れて、机の上を転がっていった。

＊

ざわめきのように降る雨に、耳を澄ませる。水捌《みずは》けの悪い通学路を通るのは億劫《おっくう》で、今日は学校を休もうかと思った。それなのに、あたしは今日も保健室に来ている。理由は自分でもよくわからない。少なくとも、サエが来る前、去年の保健室だったら、あたしはすんなりと学校を休んで、午後まで寝ていただろうなって考えた。

いつも、朝の八時過ぎに登校して、あたしとサエは二人でこの砦《とりで》に籠《こも》る。ロウジョウって、こういうことを言うんだろうかって考えたことがあった。いったい、どんなものから身を護《まも》ろうとしているのか、説明するのって難しい。ここから一歩でも外に出て行こうとすると、なにか恐ろしいものに出くわすような気がして、身体がすくんでしまう。胃の奥から、食べたものが込み上げてきそうになって、トイレの場所を探し求めてしまう。トイレのおしゃべりはあたしの神経を逆撫《さかな》でするから、静かで誰も立ち寄らない、校舎の隅っこのトイレがいい。誰もこない場所、誰もいない場所。誰にも気づかれない場所。いつでも嘔吐《おうと》できるところで、何時間でも閉じこもる。それが、あたしのロウジョウ。

お昼に二人で食べるゆで卵も、元々はここに閉じこもるための兵糧《ひょうろう》だった。だって、職員室に給食を取りに行くのって、しんどいじゃん。いくら他のみんなが教室でご飯を食べているからって、一人で取りに行けだなんて、あんまりだ。トイレかなにかの用事で教室を抜け出した誰かと、ばったり遭遇する危険だってあるかもしれない。そのときにその子から向けられるだろう奇異の視線を思い浮かべると、それだけで、給食を食べる時間は憂鬱《ゆううつ》になる。

だから、あたしはいつだってお腹をすかせてベッドに寝転んでいた。毎日のお昼はメランコリィ。母さんは給食費がもったいないから、きちんと食べなさいと文句をたれて、それでも、あたしにゆで卵を持たせてくれるようになった。朝の忙しい時間に用意してくれるから、殻はついたまま。アルミホイルに包んだそれを、二つ渡してくれる。今年になって保健室にサエが来るようになってからは、二人で給食を取りに行くことができるようになった。それでもゆで卵の習慣はまだ続いていて、あたしたちは二つのゆで卵を分け合って食べている。

今年の冬。初めてサエがこの場所に来たとき、彼女も給食を取りに行こうとしなかった。先生に促されても、黙り込んだまま、居心地悪そうにベッドに腰掛けていた。

「食べる？」

アルミホイルに包まれたゆで卵を差し出して声をかけたとき、彼女があんまりにも嬉《うれ》しそうな顔をして頷いたから、なんだか餌付《えづ》けみたいだなって思ったのを、よく憶《おぼ》えている。

いつの間にか、雨足が強くなっていた。騒がしい雨音は、あたしの音をかき消す。ひそめるような吐息も、身じろぎできしむベッドの音も、わけもなく叫びたくなる衝動も、ぜんぶ奪って上書き。まるで、あたしなんてこの場所にいないみたいに、存在を消し去る。これは教室のざわめきと同じ。それなのに、遮《さえぎ》られたカーテンの向こうからは、サエがシャーペンを走らせる音が聞こえてくるような気がした。

毛布から抜け出して、乱れた髪を手で押さえた。スリッパに足を通して、カーテンに手を伸ばす。そっと開いて覗き込んだ空間に、机に向かってペンを動かしているサエの姿が見えた。物音なんて立てたつもりはなかったのに、サエは顔を上げる。眼が合った。

「ナツ、もう大丈夫なの？」

彼女は安堵《あんど》と不安の入り交じった表情をしていた。たぶん、あたしが朝からベッドにこもっていたせいで。

なんて答えよう。大丈夫って、なにが？　大丈夫って、どういう状態？　健やかに元気で、普通の子みたいに生きていられるのが、大丈夫ってことですか？

カーテンから抜け出す。ベッドは散らかしたままで、先生に見つかると怒られそう。けれど、もう一度、自分があの中へ戻ることになるような気がして、そのままにしておいた。

「勉強？」

普段、一人で気ままに時間を潰《つぶ》すとき、あたしたちは漫画を読んだり絵を描《か》いたりしている。与えられた課題を真っ当にこなすほど真面目《まじめ》な生徒ではなかったし、そうだったのならこの場所にはいないだろう。けれど、最近のサエはあたしの知らない問題集を開いて、とても忙しそうにノートにペンを走らせていた。

「昨日の続き」と、表情を曇らせてサエが答える。数学らしかった。ふぅん、数学。数学ね。数学なんて、そんなに一生懸命にやって、なんになるの？　絵を描いたり、漫画を読むよりも、楽しくて大事なこと？　急にサエが、率先して委員長に立候補する優等生みたいに見えて、わけのわからない苛立《いらだ》ちが募った。

壁時計を見ると、もうお昼だった。給食を取りに行くのが億劫で、椅子の上に載った鞄《かばん》から、ハンカチとアルミホイルでくるまれたゆで卵を取り出す。

銀色のアルミを剝いて、白い卵のまるい表面を露出させた。

「ご飯、取りに行く？」

サエは機嫌を窺《うかが》うように言った。あたしはかぶりを振って、食欲がないからと答える。それから、少し冷たすぎたかもしれないと思って、もう一つのゆで卵を取り出した。

「サエも食べる？」

彼女は表情を綻《ほころ》ばせて、頷く。そっと差し出された手に、はいと言いながらアルミで包まれた卵を載せた。

しばらく、二人して殻を剝いていた。お昼に、保健室で卵の殻を黙々と剝いている中学生なんて、すごく滑稽《こっけい》だ。シュールだよね。これまで読んだどんな少女漫画の中にも描かれていないシーンだと思う。基本的に、あたしたちは少女漫画の世界からは遠く隔たったところに追いやられている。たとえば、授業中に手紙を回したり、休み時間にトイレで噂話《うわさ》をしたり、サッカー部の男の子に恋をしたりだとか。ここは、そういうのとは、遠く無縁な世界だ。

だって、あたしたちは大丈夫な子じゃないから。

殻がうまく剝けない。机にぶつけて罅を入れた時点で、既に白身に傷がついてしまっていた。思った以上に力がこもっていたみたいで、伸びた爪も白い表面に食い込んでいる。

「さっきね、松本《まつもと》先生が来て」

サエは思い出したように言った。途中まで綺麗に剝いた卵をアルミの上に載せて、いったん手から離す。問題集の横に置いてあったクリアファイルから、B5のプリント用紙を取り出して、そっとスチールの机に滑らせた。

「ナツに渡してって」

『進路希望調査用紙』と書かれていた。

卵を手にしたまま、その用紙を黙って見下ろす。

細かい文字で、第一志望校、第二志望校などを事細かに記入するブロックが配置されていた。

「なにこれ」

わかっていることなのに、聞いた。

「進路希望の調査票だって。早めに出すようにって、先生が」

眼を上げると、サエは両手で卵を包んで、それを口元に寄せていた。この子はあたしと違って見てくれがいいから、いちいちそんな仕草でも絵になる。そう、サエはあたしとは違う。素材がいいんだ。

「面倒くさいなぁ」言葉が漏れた。進路希望なんて、どうだっていいじゃん。どうせ、あたしみたいな人生の負け組が、高校になんて行けるわけがないよ。一年近くも保健室登校を続けて、内申点は下がるいっぽう。受け入れてくれる高校がどこにあるっていうの？　あったとしても、そこは絶対に普通の高校じゃない。すっごくバカな高校か、定時制か、通信制か……。とにかく、そういうところ。負け組の人間って、一生負け組なんだよ。進路希望なんてことを言える人間は、真っ当に学校に通えて、教室でうまく振る舞えて――。そういう、普通の中学生だけの権利なんだよ。

「本当に、教室に戻る気？」

サエはすっと笑顔を引っ込める。微かに眉根を寄せた表情で、静かに頷いた。

「どうして？」

畳み込むように、聞いていた。

「どうしてって……」

「どうして出て行くの？　サエはここから出て行っても平気なの？　ちゃんとひとりで

やっていけるの？」

負け組は一生負け組なんだよ。あんたはもう絶対、内申点最低レベルまで落ちてるよ。取り返しつかないんだよ。それでも教室に戻るわけ？

どうして素直に、頑張ってねって言えないんだろう。苛立ちに任せるように言葉をぶつける間、あたしはどこか冷静な眼で自分の態度を分析していた。だって、なんて言えばいいの。

あんたが、あたしを見捨てて、この場所から出て行こうとしているのに。

「わたしは、平気だから」サエは視線を落として、アルミホイルの上に載っている、つるりと光沢を帯びたゆで卵を眺めた。「ナツは、どうなの？」

あたし？

「ナツは、どうなの？　どうして、教室に行かなくなっちゃったの？」

勢い込んで言葉を投げつけた姿勢のまま、急に弾切《たまぎ》れを起こした銃みたいに、なにも言えなくなった。

あたしたちはこれまで、ここに通うようになった理由を互いに話したことはなかった。理解してもらえるなんてかけらも思っていなかったし、サエの事情だって、きっと聞かれたくないことだろうから。六ヶ月間。ずっとここで一緒に過ごしてきたけれど、あたしはサエのことをなにひとつ知らない。そしてまた、サエもあたしのことを、なにひとつわかってくれていないのだと思った。

どうして？

そんなの、あたしが聞きたいよ。

「そんなの、サエには関係ないじゃん」

視界を意識すると、スチール机のねずみ色の表面が見えた。顔を上げられなかった。

「もういいよ。サエなんて、どっか行っちゃえばいい。あたしなんて放って、教室に行っちゃえばいいじゃん。絶対にうまくいきっこないんだから」

だから、二度とここには来ないでよ。この裏切り者。

言いながらとてもみじめだと思った。堪えきれずに、そのまま席を立ってカーテンをかき分けた。嗚咽《おえつ》を零《こぼ》さないように息を殺して毛布に入り込むと、雨音が騒がしいのにどうしてだろう、椅子が鳴って、部屋を去って行く上履きの音が聞こえた。

*

サエが保健室登校を卒業してから、三日が経つ。

あたしはここへ通い始めた頃の退屈さを噛《か》みしめていた。出された課題に対して文句を言い合う相手も、わからない問題に対して知恵を借りるべき相手もいない。狭く区切られたパーティションの中で、たった一人、そこに存在していることをひた隠しにするように、肩を小さくして生きている。なじんだ景色のはずなのに、急に知らない場所に閉じ込められてしまったみたいに。

ときどき知らない生徒が保健室にやって来て、長谷部先生と会話をしているとき、あたしはスチール机に突っ伏して、ひたすらに瞼《まぶた》を閉ざす。ここには誰もいませんよ。誰もいないんです。だから、どうかこちらの方に誰も来ませんように。長谷部先生も、あたしなんかに手伝いを頼みませんように。クリーム色の仕切り壁の向こう。理由もなく教室に行けなくて、一年近くも保健室登校を続けている可哀想《かわいそう》な生徒がいるなんてこと、誰にも知られたくはなかった。だから長谷部先生が、なっちゃん、ノート取っておいてと呼びかけるたびに、屈辱に奥歯がきしんだ。パーティションから姿を現して、訪問した生徒のクラスと出席番号、名前や怪我の症状などをノートに書き込む仕事だった。先生が生徒の面倒を見ている間、彼、あるいは彼女は、奥から突然現れたあたしを奇異の眼で観察し、ああ、保健室登校なのか可哀想に、なんていうふうに納得した表情を浮かべる。

どうしてこんなみじめな思いをしなきゃいけないの。見ないで。聞かないで。気づかないで。だって、あたし、べつに好きでここに閉じこもってるわけじゃない。違うの。ほんとうに、違うんだよ。でも、それならどうして、テレビや漫画があって、好きなだけ遊んでいられる自分の部屋から、学校の保健室までわざわざ通うんだろう。ずっと前に、長谷部先生にそう聞かれたことがある。そのときは、だって、サエと遊べるんだもんって答えて、二人してトランプのスピードで勝負をしていた。その答えに嘘はないんだ。でも、その前はどうだったろう。サエが保健室に通うようになるまでの、ここで一人きりで過ごしていたときは？　先生を交えて、お昼休みにＵＮＯで遊んだときのことを思い出した。ここでやる遊びって、部屋にあるパソコンやＷｉｉと比べると、すっごくローテク。ださくて、くだらなくて、小学生みたいで。それなのに――。

気がついたら、ゆで卵の殻を剝いていた。いつの間にかお昼で、そして、いつの間にか一人だった。長谷部先生の気配がない。今日も、職員室まで給食を取りに行く気になれなくて、あたしは脆《もろ》くひび割れた卵の殻に指を食い込ませていた。今朝はパン一枚だったから、すっごくお腹がすいたけれど、でも、いいんだ。時計を見ると、お昼休みの真っ最中。こんな時間に、廊下は歩けない。眩《まぶ》しい陽射しに怯《おび》える吸血鬼みたいに、あたしにはお昼休みの喧噪《けんそう》が合わないんだ。無邪気にあがる楽しそうな声や、廊下を駆け抜ける上履きの音は、あたしの身体を容赦なく焼いてしまうから。

サエは、どうなんだろう。もう、教室に戻って、なじめちゃったわけ？　泣き言を言いに、保健室に来たりしないの？　今日はどうしてるとか、メールくれないわけ？

「昨日の課題、ちゃんと終わらせた？」

長谷部先生が戻ってきて、パーティションの中に入ってきた。

閉じたノートに視線を移す。昨日の課題だから、本当は昨日までに終わらせないといけないものだった。けれど、一人でする勉強はひどくみじめで。卵の殻は、今日もうまく剝けなくて、表面に爪痕《つめあと》が残ってしまう。

長谷部先生は向かいの椅子を引いて、そこに腰掛けた。それから、「サエちゃんがいないと、寂しいねぇ」と言う。

空腹に、お腹が鳴った。

あたしは卵に張り付く殻を取り除きながら、かぶりを振る。寂しいねぇ。長谷部先生の声は、耳に入り込んで、あたしを身体の中から揺さぶった。寂しいねぇ。サエちゃんがいないと。いつの間にか指に力がこもって、柔らかな卵殻を強く凹《へこ》ませていた。罅が入り、その全身に波紋のような痕を残していく。寂しくない。あたしは誰にも聞こえないようにつぶやく。寂しくない。寂しくなんかない。

先生は聞く。

「サエちゃんが教室に戻れるようになって、嬉しくないの？」

手元で半ばひしゃげてしまった不細工な卵を見下ろす。は？　って思った。意味、わかんない。教室に戻るって、嬉しいことなの？　だって、あそこ、あたしを笑う人たちしかいない。あたしのことばかにして、掃除を押しつけて、陰口を叩いて、くすくす笑って。

わかってるよ。あれって、べつに、いじめっていうほどひどい仕打ちじゃないし、みんなだって意識してやってることじゃない。ただ、教室の隅っこにいる大人しいあたしのことなんて、なんとも思っていないだけで。

なにかひどいことをされたわけじゃない。明確な理由があって傷ついたわけじゃない。ただ、ばかにされてるような気がするだけ。だから、どうして教室に行かないのって聞かれると、答えられなくなる。教えて欲しくなる。わからない。わからないんだ。自分にもどうしてなのか。どうして、脚が震えるのか、身体がすくんでしまうのか、ほんとうに、わからない。サエはどうだったんだろう。サエにとって、教室ってどんな場所だったんだろう。

「サエは……」これはあたしの姿みたい。みすぼらしく、ぐちゃぐちゃになった卵を見下ろしながら、あたしは聞いた。「教室に、戻りたかったの？」

「そうね」先生は答えた。難しい問題に考え込むように時間を掛けて。「戻りたかったから、ここを出て行ったんじゃないのかな」

教室に戻ることができて、サエは嬉しい？

「もし、そうだったら」

言葉が震えた。先生は聞いた。嬉しくないのって。そんなの決まってる。だって、サエが望んだことなんでしょ。先生、あたしね、サエに訪れるラッキーは、全部、自分のことみたいに嬉しい。嬉しいんだよ。あの子が幸せそうに鼻歌を歌ってると、あたしまで、今日はいいことあるんじゃないかなって、そう思えるんだ。それなのに。それなのに、どうしてあんなふうに言ってしまったんだろう。頑張ってねって。負けないでねって。たまには、ここに顔を出してねって。どうして言えなかったんだろう。なんて、なんて、自分勝手なんだろう。「嬉しい、よ。それなのに、ぜんぜん嬉しくない。嬉しくないんだ」

あたしの喉《のど》は、風邪のときみたいに熱く震えて、だから、言葉がうまく出てこなかった。

頬を手の甲の感触が通り過ぎていく。ニットベストの肩で、溢れるそれを拭った。

「なっちゃんは、教室には戻りたくない？」

「戻りたくない。あんなとこ、戻りたくない」繰り返し、かぶりを振った。「どうして、サエは平気なの。どうして、今になって教室に戻っちゃったの」

そうね、と長谷部先生は頷いた。

「きっと、あなたたちが過ごすには、ここはもう狭すぎるんだ」

先生の手が伸びる。スチール机に置いたままの、もう一つの卵を取り上げた。

「どんな生き物だって、生きていれば大きくなるんだよ。どんどん大きくなって、部屋にも、家にも、学校にも閉じこもっていられなくなるんだ」

なにそれ、と思った。家や学校より大きくなるなんて、ゴジラじゃん。あたしは、半分だけ。そう、半分だけ笑う。

「あたしは、教室なんて戻らないよ。高校にだって行かない。就職だってしないもん。ずっと部屋に閉じこもってる。それでいいんだ。それでいいんだもん」

そう、だから進路希望なんて考えない。このまま保健室にこもって、家に閉じこもって、肩を小さくして、息をひそめながら生きていく。死んじゃったってかまわない。かまわないから。だから、学校になんて、教室になんて、行きたくない。それでいいんだ。だだをこねるような言葉を、先生は最後まで黙って聞いていてくれた。

「でもね」と、先生は言う。「やっぱり、なっちゃんは大きくなっちゃうんだよ。部屋に閉じこもっているつもりでも、身体がどんどん大きくなって、そこに収まらなくなっちゃうんだよ」

意味わかんない。意味わかんないよ。

「あたし、怪獣じゃない」

先生の言葉、すべて否定したくて、かぶりを振った。

「うん。でもね、人間って、大きくなるの。身体じゃなくて、生きていく場所とか、人との関わりだとか、そういうのがすっごく大きくなって、収まらなくなっちゃうんだ。

身体は勝手に大きくなるの。ぐーんと大きくなったら、なっちゃんは大きくなったぶん、外で生きていかないといけないんだよ」

先生の言葉を聞きながら、あたしは想像していた。小さな居心地のよい空間を、自然と突き破ってしまうほどに、でかくなっていく自分の身体を。部屋を突き破って、家を破壊して、街よりも大きくなっていく、怪獣みたいな自分の姿を。

「あたし、大きくなんないよ。絶対、途中で死んじゃうよ」

「それでも、今は生きているじゃないの。なっちゃんは気づいていないかもしれないけれど、今もじゅうぶん、大きくなっているんだよ」

視界に、先生の手が入り込む。アルミに包まれた銀色の卵が差し出されていた。ぐちゃぐちゃになってしまった卵を置いて、代わりにそれを受け取る。顔を上げると、先生はもう立ち上がっていた。

「なっちゃんにとって、教室がまだ怖《こわ》いところなら、無理をして戻らなくてもいいんだ。でも、サエちゃんにはきちんと謝りにいかなきゃ。なっちゃんは、だから泣いているんでしょう?」

泣いてる？　あたし、泣いてる。

銀の卵を両手で包んで、唇を噛みしめる。どうだろう。謝りたいから、泣いているのだろうか。わからない。もしかしたら、一人になりたくなくて、だから泣いているのかもしれない。そんな自分勝手な理由で涙を零しているだけなのかもしれない。自分のことなのに、わからないことがたくさんある。ほんとうに、わからない。わからないよ。

けれど、自分のことを教えてくれる人は、きっとどこにもいないんだ。

しばらく先生を見上げて、胸の中を漂う、一つだけ確かな気持ちを見つけた。

サエに会いたい。

ごめんねって、言いたいよ。

頷くと、先生は微笑《ほほえ》んで、背中を見せた。

それから、クリーム色の仕切り壁を動かして、あたしが進むべき場所を教えてくれる。

急に、狭かった世界が開けた気がした。

＊

廊下に出ると、途方もなく延びる通路の奥があまりにも眩しくて、身体が硬くなった。ほんとうに、肌を焼かれるような気がした。陸に上がった人魚みたいに、歯を食いしばりながら、その道を進んでいく。いつもここを歩くのは、授業中で人のいないときばかり。蒸し暑さに、どうしてか懐かしさを感じていた。メールで居場所を尋ねると、サエは理科実験室にいると答えた。三日ぶりのメールだった。サエは、今から保健室に行ってもいい？　と言葉を添えていた。あたしは這《は》うように廊下を歩きながら、ケータイのボタンを片手で操作して、そこで待っていてと返信する。

脚は震えて、前に踏み出すごとに、もつれて転びそうになる。胃が痙攣《けいれん》して、喉からなにかが込み上げてきそうになる。それでも、急《せ》いた気持ちで階段を上がった。いつでも逃げ出せるようにトイレの場所を確認しながら歩く自分を、叱咤《しった》する。だめだ、と思った。いま、逃げることを考えたら、きっと進めない。歩けない。逃げることを、嘔吐することを、笑われることを考えたらだめだ。喘《あえ》ぐように廊下を歩いていると、男子たちが忙《せわ》しなく走り抜けていく。通り過ぎていく瞬間、肩がぶつかりそうになって、身がすくんだ。けれど、あたしを眺めるような視線も、通り過ぎていく笑い声も、なんにもなかった。誰も、あたしのことなんて、気にしていない。気にしていないんだ。

廊下を歩きながら、急に気がついた。

あたしは聞いて欲しかったんだ。

気づいて欲しくて。声をかけて欲しくて。助けて欲しくて。

だから、学校に行く。心の中で精一杯暴れて、喉をからして叫び続けて。

あたしのことを、誰かに知って欲しかった。

隠れて閉じこもっていたら。自分から消えてしまっていたら。この叫び、気づいてくれる人なんて、いるわけないのに――。

だから。だから。

理科実験室の場所がわからない。確か、この階だった気がするけれど、もう一つ上かもしれない。記憶を引っ張り出そうとして周囲を眺めていたら、廊下を歩いていた女の子と眼が合った。二年生の子だった。どこかで見たような顔で、一瞬、息が止まるような気がした。

「どうかしたの?」

彼女には、あたしが迷子のように見えたのかもしれない。わからない。ただ、声をかけられて、あたしは反射的に答えていた。「理科実験室って、どこだっけ」

「あっちだよ」と女の子は廊下の奥を指さして笑う。からかうようでも、憐《あわ》れむようでもない、照れくさそうな笑顔だった。ありがとう、と頭を下げて、あたしは彼女が示してくれた道を歩く。

なんだったんだろう。

あたしって、いったい、なにが怖かったんだろう。

なにに、あんなに怯えていたんだろう。

わからない。自分のことなのに、わからないことが、たくさんある。不思議だった。いつの間にか脚はもう震えていなかったし、暴れるように痙攣していた胃も大人しくなっていた。ただただ、なにか熱いうねりのようなものが込み上げてくる気がして、頬に力を込めていた。

理科実験室と掲げられたプレートが見えた。開いたままの扉から、実験室を覗いた。背もたれのない四つ足椅子が、机の上に片付けられて天井に足を向けて整列している。サエは、まだ片付けられていない椅子の一つに腰掛けて、じっと俯いていた。

彼女は一人きりだった。保健室で、一人ゆで卵を食べている自分と似ているような気がして、声が出なかった。

サエ。すぐにでもそう呼びかけて、ごめんなさいと伝えたかった。それなのに、息苦しいくらいに胸が詰まってしまって、なにも言えずに唇がゆがんでいく。眼の奥が沸騰しそうなほど、熱くなった。

気がついたら、駆け寄っていた。サエのもとへ走って、ごめんね、ごめんねとみっともなく繰り返しうめいていた。

額に彼女のニットの感触を感じて、かすかな安堵を覚える。心地よいシャンプーの香りが、優しく身体を包んでくれた。彼女が髪を撫でてくれる間、何度も何度も、言葉を繰り返した。言えなかったぶんを、伝えたかったぶんだけ。ごめんなさい。おめでとうが言えなくてごめんね。頑張ってって言えなくてごめんね。あんなひどいことを言って、ごめんなさい。

「ナツ。すごいね。ここまで来られたんだね」

彼女の身体から額を離して、みっともなく涙で濡《ぬ》らした頬を手で覆う。恥ずかしさのあまり、顔を上げることができなかった。

「サエの方がすごい。すごいんだよ」

「わたしはすごくないよ。ぜんぜんだめなんだ」

サエはそう言ってハンカチを差し出してくれる。それを手に取り、俯いたまま、続く彼女の言葉を聞いていた。

「わたしも、ナツに謝らないといけないんだ。いちばん大切なこと、まだ伝えていないから」

胸の奥が冷えていく。予感のようなものを心は鋭敏に感じ取っていて、刺激されたそこが震えて動くようだった。

ハンカチを両手で握りしめて、サエの言葉を待つ。

「わたし、べつに、自分の問題が解決したわけじゃないんだと思う」

彼女はそう言いながら、あたしの髪を指で梳《す》く。いつだったか、新しいヘアスタイルの研究をしようと言って、保健室の鏡の前で、お互いの髪をいじくりまわしたときのことを思い出した。あのときと比べて、髪はだいぶ長く伸びていた。

「ナツの言う通り、ひとりでちゃんとやっていけるかって、そう言われると、やっぱり自信なんてないんだ。たまたま、機会っていうか、きっかけみたいなのが来ただけなんだよ」

それから、呼吸すらもどかしいほどに長く不安な時間をおいて、サエは静かに言った。

「わたし、九月から別の学校に行くの。父さんの仕事の都合で、引っ越すんだ」

掌《てのひら》で、ハンカチがひしゃげた。柔らかく滑らかな手触りのそれが、捻《ねじ》れて凹んで、言葉にならない悲鳴を吸い込んでいく。

いやだ、と唇はささやいたけれど、俯いていたから、きっとサエには見えない。

「わたし、このまま消えたくなかった。この学校に通っていたこと、なかったことにするみたいに転校しちゃうのって、なんだか逃げるみたいでしゃくだったから……。だから、最後くらい、ちゃんと教室に行こうって思ったの。ほんとうに、それだけなんだよ。だから、わたしは、ぜんぜんすごくなんかないんだ」

「どこまで、行っちゃうの」

なにを言うのも、聞くのも、怖くて怖くて。ようやく、それだけ言えた。

「静岡だよ。べつに、そんなに遠くない」

「メールする」

「うん」と、サエは頷く。

「手紙も書くよ」

「うん」と、もう一度、サエは頷いてくれる。

「遊びにも行くから」

「うん」

サエはあたしの言葉に、ひとつひとつ丁寧に頷いて、そして笑ってくれる。

予鈴が鳴った。

「そろそろ、行かないと」

行かないで。

その代わりに、別の言葉を口にした。かすれていて、ひどく頼りない言葉だった。

「あたしも、行く」

「いきなりは無理だよ」

サエは少し笑って、あたしの髪を撫でた。それから、身体を離す。

「無理でも、行く」

サエは戦っているんだと思った。自分に負けないように。逃げたまま終わらせないように。だから、あたしも、そこに行きたかった。ここじゃない場所へ。あなたのいるところへ。あなたが戦っている場所に。それは、強がりかもしれない。また脚は震えてすくんでしまうかもしれない。時間がかかるかもしれない。それでも――。

あたしは、あなたに、心からおめでとうを言いたいんだ。

「あ、ナツ」彼女はなにかに気がついて、手を伸ばした。まっすぐに伸びた人差し指が、ニットのお腹の辺りを指し示す。「もう。卵の殻、付いてるよ。ほら、そこ」

あたしは長谷部先生の言葉を思い出していた。あたしたちは生きている限り大きくなっていく。生きていく場所や人との関わりが大きくなって、一つの場所に収まらなくなっていく。壁を、部屋を、家を、学校を突き破っていって、怪獣みたいに、でっかくなるんだ。

ハンカチを握りしめたまま、ニットの裾《すそ》辺りを見下ろす。小さな小さな殻が、そこに引っかかってこびり付いていた。反射的に手を伸ばして、けれど、すぐに引っ込めた。

「大丈夫。そのうち取れるよ」

スカートのポケットには、先生に手渡されたまま、アルミにくるまれたゆで卵が収まっている。あとで、綺麗に殻を剥いてあげようと思った。慎重にやれば大丈夫。少し時間はかかるかもしれないけれど、きっと艶《つや》やかな表面が太陽の光を帯びて、あたしたちにすてきな幸運をもたらしてくれるだろうから。

好きな人の
いない教室

松尾《まつお》先生は、要点を纏《まと》めたプリントを配ってくれる。話を聞きながら板書を書き写すのって苦手だから、凄《すご》くありがたい。このプリントは結構な量になるから、きちんと管理しておかないと、テストのときに大変そう。わたしは一週間に一度、このプリントをホチキスで留めている。

わたしの色褪《あ》せたエナメルの宝箱には、その大きな空洞を埋めるように、雑多なものが押し込まれている。何種類もの蛍光ペンと修正液。小さなホチキスと、擦《こす》ると消えるボールペン。小学生のときは、みんなしてキャラクターものの可愛《かわい》らしいペンケースを見せ合っていた。けれどいつの間にか女の子たちは、その中にカラーペンではなく、鮮やかなグロスや細く折れそうなアイブロウを詰め込むようになる。幼稚さを取り払って、きらびやかな色彩をぎゅっと押し込んだような、女の子のための宝石箱。ぱんぱんに膨れあがったペンケースは、いつしか化粧ポーチへと姿を変える。彼女たちはトイレの鏡の前でそれを見せ合い、薄くした眉毛にそっと線をひく。

わたしは化粧とか、したことがない。絵の具のチューブみたいなリップグロスから、溢《あふ》れ出るきらきらとした粒子に、少し憧《あこが》れのようなものを感じるけれど、中学生のわたしたちが使うにはまだまだ早いような気がする。メールで律子《りつこ》に聞いたら、ウチの中学はそういうの持ってる子いないよ、と言われてしまった。校則が厳しいからかなぁ、見つかったら、速攻で没収だもん。

教室のざわめきが耳をくすぐる。ホチキスを押し込んだあと、プリントを捲《めく》り上げたら失敗に気がついた。一枚だけ、用紙を逆さにして綴《と》じてしまった。溜息《ためいき》を漏らして、硬く曲がったホチキスの針に、爪の先をそっと押し込む。

もうそろそろ休み時間は終わり。けれど教室のあちこちで、女の子たちはまだ浮ついた空気みたいなのを振りまいている。それは黄色い歓声だったり、甘いシャンプーの香りだったりする。笑い声に包まれながら、わたしはかさぶたを剝《は》がすときみたいに、そっと指に力を込めた。

お互いに近況を報告する。律子はあのメールのあとで電話をくれた。学校はどう？　なんて、やってるよ、なんて答える。その証拠に、最近仲良くなったミウという女の子のことを話した。映画泥棒の物まねが得意で、お調子者の女の子。なにそれ、わたしも見たいなぁなんて律子は笑う。彼女はわたしの性格のことをお見通しで、その上に心配性だった。そして彼女の予測は、まぁまぁ当たってる。教室はどう？　新しいクラスで、友達はできた？　うまくやってる？

「森川《もりかわ》さんってば、なにやってんのー」教室に戻ってきた女の子たちにそう聞かれた。

塚本《つかもと》さんからは、いつもピーチの匂いがする。失敗したから、ホチキス剣がしてるの。そう答えたら、うわぁ、森川さんってちょう几帳面《きちようめん》だよねー、なんて言われてしまった。あたしだったらそのままか、破っちゃうな、そんな面倒くさいの。ていうか、そもそも綴じたりしないし？　ホチキスとか持ってないもん。フツーの女子は。塚本さんの言葉に女の子たちは笑う。それから、わたしの前の席に集まって、みんなで元の話題に戻っていく。

塚本さんは、わたしのようにペンケースではなくて、ぱんぱんに膨らんだ化粧ポーチを鞄《かばん》に隠し持っているような子だった。だから彼女のまわりに集まる女の子たちは、ちょっとふわふわとした会話をする。たとえば、どこのクラスの誰かが三年生と付き合ったらしいだとか、どこどこの部活の男の子がカッコイイだとか、どういうふうにすれば告白したときにうまくいくんだろう、だとか。そういう、わたしの手にあるプリント用紙みたく薄っぺらで、けれど指先を切り裂くくらいには鋭く、ちくりとする話だった。えーっ、愛《あい》ちゃん、好きな人いるのーっ、だれだれ？　どこの誰なの？　きゃーっと話が盛り上がり、塚本さんたちは身振り手振りを交えて賑《にぎ》やかだった。わたしはプリントから、ひしゃげたホチキスの針を抜き取って用紙を揃《そろ》える。念のため向きを確認してから、もう一度ホチキスにプリントをくわえさせた。

中学二年生。四月の空気。教室の顔ぶれは新しくなり、浮き立っている。このクラスは、少しばかり比率がよくない。可愛い女の子、派手な女の子たちの割合が高くて、わたしみたいに地味な人間だったり、アニメや漫画とかに夢を抱いている女子たちが、ちょっと数で負けている。圧迫されている感じが、する。

だから、彼女たちは早く彼氏を作らなきゃ、痩《や》せなきゃ、可愛くならなきゃって騒いでいて、ちょっとださくて、恋愛ができそうにない子たちのことを、可哀想だねって感じの眼で見る。

恋の話は、わたしの身体をふわふわとくすぐるんだ。

「ねえねえ、森川さんは？　好きな人とかいるの？」

細く秘密めいた声で、塚本さんが話を振ってきた。興味と好奇と、そして少しだけ軽《けい》蔑《べつ》の入り交じった眼から逃れるように、わたしは俯《うつむ》いて笑う。なにか言うより早く、塚本さんは言葉を続けた。「あ、ごめーん。森川さん、真面目だもんね。まだそういうの、興味ないよねぇ」

うまくやってるよ、なんて嘘もいいところ。小さな酸素ボンベを抱えて、水の中で呼吸をしているみたい。きっと空気が足りなくなったら、窒息してしまう。

うん、いないよ、とわたしは答える。本当のことだから、仕方ない。

手の中で、プリントを噛んだホチキスがかちりと鳴った。

好きな人のいない教室なんて、退屈だ。そう実感できてしまうくらいに、わたしたちの会話には、淡い桃色の膜がそっとかかるようになっていた。

小学生だった頃には考えられなかった。男の子の手にためらいがちに触れたり、瞼《まぶた》を閉ざしてキスを待つような時間なんて、漫画の中にしか存在しないものだと思っていた。自分の身に、そんな非日常が訪れてもおかしくはない。そういう年齢にまで成長してしまったのだということを、わたしは周囲の女の子たちの会話を聞きながら、徐々に実感していくようになった。わたしたちはいつの間にか恋をする年齢になってしまった。誰にも言えない秘密にときめきという名前を与えて、たいせつにポーチの中にしまい込む。それを持っていることが当たり前で、むしろそうでないのはちょっとおかしくて、普通の子とは違う。そんなふうに錯覚するくらいに。わたしたちの日常の話題、テレビのドラマ、追い続けているコミックス、いたるところで、それを持っている女の子たちばかりを、眼にするような気がする。

誰《だれ》かを好きになる気持ちって、わたしにはわからない。

食べたことのない洋菓子の甘さを、想像することができないのと同じで。

わたしにも憧れの先輩だとか、気の合う幼なじみだとか、そういう漫画に出てくるような男の子たちが身近にいればいいんだけれど、現実はなかなかうまくいかない。

「森川さん」

授業が始まって早々に、ぼうっとしていた。隣の岸田《きしだ》君に声をかけられたのだと、遅れて気がついた。

「教科書忘れちゃって。見せてもらいたいんだけど」

「いいけど。また？」

わたしは彼を見て、それから、ないなぁと息を漏らす。岸田君には悪いけれど、現実はうまくいかない。彼は猫背で、ぼそぼそとした喋《しゃべ》り方をする。眼鏡を掛けていて、ぜんぜんカッコ良くない。教室の隅っこ、アニメとかゲームが好きな男子たちのグループで、こっそりと生きているような子だった。中学二年生。新しい出逢《であ》いを求めていたのに、彼の隣の席になってしまった。

わたしが教科書を広げると、彼は机を引き摺《ず》って、席を寄せてくる。板書をしていた田村《たむら》先生は、机の足が床を引っ掻《か》く音に気がついて、「なんだ、岸田、また忘れてきたのか？」と呆《あき》れたような声を漏らす。教室の視線が、一気にわたしたちに集まるのがわかった。振り返る女の子たちの、端っこがつり上がったくちびると、密《ひそ》やかなささやき。わたしは視線を落として、無関係のふりをする。わたしは関係ない。関係ない。ただ、こいつが教科書を忘れたっていうから、仕方なく見せているだけで。

これが少女漫画だったらなぁ。少女漫画だったら、岸田君はクールなサッカー部のエースで、よく見るとカッコ良く、意外と優しいところがあったりするべきなんだ。けれど現実はどうだろう。岸田君とは小学校が同じで、三年生と五年生のときに一緒のクラスになったことがあった。それでも、こうして隣の席で再会するまで、彼が同じ中学に通っていることなんて頭の中からすっぽりと抜け落ちていた。わたしにとって、彼はそれくらいに影の薄い存在だ。

先生は、いつの間にか教科書から遠く離れたことを喋っていた。この先生はときどき、授業とは関係のなさそうなことを楽しそうに喋る。一部の男子にはウケがいいみたいで、ときどき笑いが起こるけれど、わたしにとっては退屈な時間だった。だから、わたしはポーチの中からいくつものペンを取り出して、板書を写し終えたノートをたくさんの色で飾っていく。ピンクと、イエローと、明るいブルー。ふわふわとした線で重要な単語を書き込みながら、細かいところは、バニラの匂いがする香り付きのペンで、ここってテストに出そう！　なんて文字を置く。この匂いは好き。女の子たちは香水の香りをしゅっしゅと振りまいているけれど、わたしにはこの甘くて美味《おい》しそうな匂いで充分だ。

けれど、教科書が関係ないなら、わざわざ席を寄せる必要ってないよ。わたしと岸田君の机の間には、朽ちかけた吊《つ》り橋のように力なく、開いた理科の教科書が掛かっていた。重みに耐えきれず、そのまますると床まで落ちてしまいそう。さっさとこの橋を取り払って、岸田君にはご退場願いたかった。彼の机に眼を向けると、彼はノートの隅にペンを走らせている。落書きだ、と思った。なにかの漫画の女の子のイラスト。うわぁ、オタクっぽい。

授業が終わって、わたしたちの間にある橋はようやく取り壊された。岸田君は早々にどこかに姿を消してしまい、目の前の席の塚本さんが、満面の笑みを浮かべて振り返った。

「森川さんって、岸田と同じ小学校なんでしょ？　もしかして、あれってわざとなんじゃないの？」

わざとって？　彼女に聞き返しながら、けれど、その続きは耳にしたくなかった。彼女の表情に、予感を覚えた。

「岸田が森川さんの気を惹《ひ》くために、わざと忘れてくるんだよ。あいつ、森川さんのこと好きなんじゃないの？」

花畑のように文字の咲くノートを閉じながら、わたしは塚本さんの冗談に笑う。

ええっ、なにそれ。マジありえないし、バカ言わないでよ、もう。

「いっそ付き合っちゃったら？　きっとお似合いだよ」

女の子って、面倒くさい。なにがいっそ付き合っちゃったら、だよ。そんなのありえない。お似合いって、どこをどう見たら、そうなるの？

わたしは用事を思い出した演技をしながら、教室を出て行く。とにかく塚本さんの視界に入っていたくなかった。五時間目の授業だったから、そのまま帰ってしまえば良かったかもしれない。帰宅する子や部活へ向かう子たちは、肩にスクールバッグを引っかけて、おしゃべりをしながら隊列を組んでいる。わたしはどこへ向かうでもなく、女の子たちのふわふわとした会話を振り払うみたいに、廊下を抜けた。

あてもなく歩くと、校舎の隅を曲がったところに、半分ほど開いている窓を見つけた。ここからは中庭を見下ろすことができるので、よく男子たちが身を乗り出して風を浴びている。辺りは使われていない教室が多いらしく、人通りもなくて静かだった。

溜息を漏らしながら窓枠に腕をかける。冷たいスチールの固さに脇を押しつけると、霞《かす》んだ色の空が見えた。怒っちゃえば良かったかなぁ。けれど、塚本さんたちとは敵対したくない。どうしてあんな嫌なことを言えるんだろう。わざとなんだろうか。それとも、ただからかっているだけで、悪気はないとか？　だとしたら、そうとうに無神経だと思うけれど。

すぐ近くに、プレートの文字が消されている空き教室があった。室内は薄暗くて、戸口が開いている。その中に差し込む弱い陽射しで、ぼんやりと浮かび上がっている人の姿があった。きっと夜だったら幽霊みたいに見えたかもしれない。窓際にある隅の席に腰掛けて、ぐっと前傾姿勢になっている。おでこが机にくっつきそうな勢いで、握ったペンを動かしていた。その特徴的な猫背は見間違えることがない。岸田君だった。わたしは周囲を見渡して、誰もいないことを確認してから教室に入る。よし、いい機会だから、言ってやろう。彼が座っている席まで歩み寄る。岸田君は気がつかないみたいだった。夢中になって、ノートになにかを描き込んでいる。

「なにそれ。漫画？」

岸田君は、ペンを握っていた手を止めた。それから重たそうに頭を持ち上げて、ゆっくりとわたしを見上げる。

わざわざ聞かなくても、ノートに描かれたそれは、漫画であるということがすぐにわかるくらい、力強い説得力を持っていた。まだ下描きなんだと思うけれど、シャーペンで書き殴られたコマがバランスよく配置されていて、動いている人物や背景が細かく描き込まれている。すごい。本物の漫画みたいだと思った。

「ただの練習だけど。落書きだよ」と、岸田君はぼそぼそとした声で言う。

「え、練習なの？」

わたしは彼の机の傍らに立って、きちんとした向きから、ノートに作り込まれた世界を眺める。少なくとも、わたしが買っている少女漫画の雑誌の中には、これよりもへたくそな絵の連載があったりする。あの漫画、ストーリーはなかなか良かったんだけれど。

いやがるかな、と思ったけれど、岸田君は別にノートを隠そうとしたりしなかった。

「練習じゃなきゃ、ノートなんかに描かないよ。きちんとやるなら、原稿用紙を使わないと」

「へぇ、本格的にやってるんだ」

そういえば、こいつ、小学生のときから絵がうまかった。

「なんとなく思い付いたシーンを描いただけだから、別にストーリーがあるわけじゃない。他のページは、ぜんぜん違うのだし」

彼はそう言って、ぱらぱらとノートを捲っていく。罫線《けいせん》のない真っ白なページから、舞い上がるようにシャーペンで陰影のつけられたキャラクターが湧き出てくる。デッサンみたいにリアルな画風の静物や、頭身の低くて瞳《ひとみ》の大きな女の子、どこかで見たことのある少年漫画のキャラクター。すごくよくできている。うわ、凄いじゃん。わたしは思わず声を漏らしていた。

びっくりした。イラストって、わたしも小学生のころに挑戦したことがあるからよくわかる。特に、人物の頭身を変えたりして複数の画風を描き分けるのって、よほど上達しない限り難しいはずだ。こんなふうにポーズを変えたり、人間の指の先や背景まで逃げることなくきちんと描写するなんて。わたしはキャラクターの腕や手をうまく捉《とら》えることができなくて、上半身しか描かなかったり、腕を後ろで組ませたりして誤魔化《ごまか》していた経験がある。

てっきり、岸田君が描くのは、瞳の大きなアニメっぽい女の子だけなんだと思っていた。

「なんでも描けるの？」

「まぁ、たいていは」岸田君は俯いて、ノートに視線を落としたまま言う。「森川さん、なんかリクエストしてみてよ。たぶん描けるよ」

「ほんと？」

けれど少女漫画のキャラクターは、岸田君には伝わらないだろう。男の子が読むような漫画って、わたしは詳しくない。うーん。

「あ、そうだ。これ描ける？　ブーフ」

わたしは携帯電話を取りだして、それに付いているストラップを見せた。スージー・ズーの人気キャラクターで、主人公を差し置いて女の子に大人気のテディベアだ。

「それ、ブーフって言うんだ」と、岸田君はストラップを見上げた。「森川さんのペンケースも、そいつだよね」

「そうそう。けっこう好きなの。人間じゃないけど、描ける？」

「たぶん」

岸田君はさっそくペンを走らせ始めた。さらさらとキャラクターの輪郭にアタリを付けていって、眼や鼻をバランス良く配置していく。真っ白なノートに、命が吹き込まれていくみたいだと思った。見る見るうちに、テディベアの可愛らしい笑顔が浮き上がってくる。

「すごいすごい。速いじゃん」

こういう、ふわふわとしたキャラクターは単純なように見えて、そっくりに描くことは難しい。なぜなら、彼らの眼や口は絶妙なバランスの黄金比で成り立っているからだ。リラックマやシャッポを描こうとして、何度挫折《ざせつ》しただろう。ほんとう、ほんの数ミリでも眼の位置が離れたりすると、それだけでぜんぜん似ていない不細工なキャラクターになってしまうから、絵って不思議だ。岸田君は、ちらりと見ただけのブーフをそっくりそのまま、表情を付けて活《い》き活《い》きと描いている。きっと画力だけじゃなくて、特徴を捉える観察力も優れているんだろう。暗い教室の中、わたしは身を屈《かが》めてノートを覗《のぞ》き込んだ。岸田君はちょっと手を止めて、戸惑ったような表情を浮かべる。顔を近付けたせいで、影が落ちて邪魔してしまったかもしれない。

「似てる？」

彼はペンを止めて言う。

「うん、そっくり。うわぁ、凄いよ。ほんと。他にも頼んでいい？」今度は動物じゃなくて、人物の絵も見てみたい。岸田君が知っていそうで、わたしにもわかる漫画のキャラクターってなんだろう。「ルパン三世とか、いける？」

岸田君は、ぷっと息を漏らして笑った。

「いけるいける。でも、なんでルパン？」

「わかんない。なんとなく浮かんだの。ほら、金曜ロードショーとかでやってるでしょ」

それから、岸田君は勢いよくペンを動かし始めた。さっきよりは苦戦しているみたいで、ときどき迷うようにシャーペンの先が揺れ動くけれど、徐々に輪郭があらわになってくると、わたしは笑い出してしまった。彼が描いているのは、ルパンがズボンを脱いで飛び込んでくるお約束のシーンだったから。

「なんでそれ」

「わかんない。印象的だから？　でも似てないなぁ」

「似てるよちょう似てる。すね毛すごい」

「そこかよ」

わたしたちはしばらく、薄暗い教室の片隅で笑い合っていた。廊下を駆け抜ける喧噪《けんそう》も、砂を吸い込んだ雑巾《ぞうきん》の匂いも、この寂しい空間には届かない。ただ静かにシャーペンの先がノートを柔らかく滑っていって、ときどき、他愛のないことで笑った。岸田君はトトロとメイを描いてくれた。けれどメイの方はあんまり似ていない。宮崎《みやざき》キャラの表情は苦手なんだと言っていた。「貞本《さだもと》キャラの方が好きなんだ。森川さん、知らない？　時かけとか、サマーウォーズとか」彼の言う映画の名前は知っていたけれど、観《み》たことはなかった。機会があったら観てみようかなと思って、その名前をそっと胸にしまい込む。

「けど、すごいね。どうやったらそんなふうに上手《うま》くなるの？」

「べつに」と、岸田君は俯いて、ペンを動かしながら答える。「ただ描きまくってただけだよ。好きな漫画のキャラがいて。自分の手で、その子に好きな表情させたり、ポーズとらせたりとか、とにかく描きまくっていただけで」

「へぇ、なんて漫画？」

そこで岸田君は口ごもった。わたしの方をちらりと眺めてから、顔を背《そむ》ける。

「いや、それは秘密」

「え、なんでなんで？」

彼は答えなかった。わたしは聞いておきながら、遅れてなんとなく見当が付いた。岸田君は、小学生の頃から同じ漫画のキャラクターを描き続けていた。なんの作品なのかは知らないけれど、アニメ調の女の子のイラストだった。彼がアニメ絵しか描けないオタクなんだと思っていたのは、小学校の教室で、彼がその絵を描いているところを何度か見たことがあるからだった。同じように教室のみんなから、アニメの女の子ばかり描いていて気持ち悪いだとか、二次元に恋していて終わってるだとか、彼を嗤《わら》うささやきを耳にしていたから。

あの頃、わたしは彼のイラストの巧《うま》さには気付かないで、根暗で影の薄い男子がいるなぁと、教室のみんなに話題を合わせて、同じように彼のことを嗤っていた。

「えっと……。わたしもさ、好きなキャラクターは、自分で描けるようになりたいって思うよ」

わたしは慰めのようにそう言って、明かりの点《つ》いていない教室の掛け時計を見上げる。もう遅い時間だった。それからわたしは、どうして自分がこんな空き教室にいるんだろうと考えて、ああとようやく思い出す。彼に注意しようと思っていたんだ。迷惑だから、もう教科書忘れないでよって。

＊

女の子たちのくすくすという笑い声は、嵐を告げるざわめきに似ている。朝の教室に入ってすぐ、粘つくような視線を感じた。得体の知れない違和感の正体は、自分の机に歩み寄るまでに判明した。前の席の塚本さんが、颯爽《さっそう》と振り返って、こわーいと呟《つぶや》く。

誰のしわざかなぁ。

わたしは唖然《あぜん》と、白々しくそう言う彼女の笑顔を見返していた。こういうのって、漫画の中だけで起こるんだと思っていた。だって、あまりにも幼稚で無神経なことだ。勝手に他人の机を寄せたり、黒板に大きく――相合い傘を描いたりだなんて。

女の子たちを見渡す。みんなはわたしを見て、くすくす笑ったり、気まずそうに顔を伏せたりしていた。男の子たちも似たような反応だった。どうしてこういうことができるんだろう。いったい、なんの目的でするんだろう。わたしは机を引き摺って元の位置に戻し、それから黒板に向かった。白だけではなく、ご丁寧に赤いチョークで彩られた傘の下にある名前を見る。森川。岸田。それから、矢印が伸びていて、女の子の文字で、お似合い、とか、底辺、とか、オタク、とか書いてある。わたしは、自分の顔が熱くなるのを感じながら、黒板消しを摑《つか》んで腕を振り動かす。何度も。何度も何度も。だって、意味がわからない。どうしてこんな扱いを受けなきゃいけないの。たまたま、岸田の席の隣ってだけで。たまたま、彼に仕方なく教科書を見せているだけなのに。チョークの跡はしつこく刻まれていて、黒板消しを何度往復させても、完全には消えてくれなかった。

吉田《よしだ》さん、という大人しい女の子が黒板まで近付いてきて、それから小さな声で聞いてきた。

「森川さんって、ほんとうに岸田君と付き合ってるの？　昨日、塚本さんたちが、空き教室で二人を見たって……」

睨《にら》み返すと、吉田さんは怯《ひる》んだように一歩を引いて、それから自分の机に逃げ帰る。塚本さんたちを見ると、自分たちのグループだけに聞こえるような声で、なにかをささやきながら笑っていた。眼が合うと、彼女はわたしに聞こえる声でこう告げた。お似合いですねぇ。おしあわせにー。

わたしは、おもちゃになったんだと思った。退屈している女の子たちのおもちゃに。彼女たちはきらきらと輝いていて恋に忙しいけれど、やっぱり退屈な時間は残っていて、だから、ちょっと違う人種のわたしを、おもちゃ代わりにしてもてあそぶ。きっと同じ種類の人間は、絆《きずな》が固いから攻撃されない。もっと塚本さんたちと仲良くしていれば、こんなことにはならなかったのかもしれない。わたしにも好きな人がいれば良かった？　わたしもみんなみたいに恋をしていれば良かったの？　やり場のない怒りに顔が燃えそうになる。それでいて、こんなのただの冗談でしょうと訴えたくなる自分もいた。みんな今回だけで飽きて、終わるよね？　明日《あした》も明後日《あさって》もこういうのが続くのなんて、ないよね？　席に戻る途中でミウと眼が合ったけれど、彼女は気まずそうに顔を背けるだけだった。友達のはずなのに、ミウはなにも言ってくれなかった。わたしは棒みたいに硬くなった腕と脚を動かして、机に戻る。訴えたかった。笑顔で。ねえ、みんな、こんなの冗談でしょ。わたしべつに、なんでもないって。岸田とか、マジありえないし。だって、岸田って、オタクで影薄いし、気持ち悪いし、わたし、あんなのに興味ないし、ぜんぜんタイプじゃないし……。

わたしも岸田君のことを罵《ののし》って、同じように陰口をささやいて、きもちわるーいって一緒に笑うから。だから、わたしのことをおもちゃにするなんて、やめてよ。

戸口に、岸田君の姿が見えた。なんにも気付いていないような表情で、のんびりと教室に入ってくる。塚本さんたちが気づいてなにかを言ったらどうしよう。それが岸田君の耳に入ったら。変なふうに誤解されたら。黒板にうっすらと残っている文字に気づかれたら。なんにも考えられなくなって、わたしは教室を飛び出した。

＊

教室の息苦しさは深海のようで、もがけばもがくほど身体の自由が利かなくなっていく。女の子たちの運んでくる嵐は一日では終わらず、わたしの抱えていた酸素も、もう底を突きかけていた。だって、どんなふうに抗《あらが》えばいいのかわからない。毎朝、登校する度に席が寄せられて、机に落書きが残される。誰がやったのか視線を巡らせても、くすくすと声が返ってくるだけ。休み時間から戻ってくれば、教科書やペンケースが、いつの間にか岸田君の机の中に入れられている。彼女たちは、もうわたしと話をするつもりがないみたいだった。塚本さんたちだけではなく、仲の良かった女の子たちにも顔を背けられる日々が続いた。きっと塚本さんたちから同じような目に遭うのが怖《こわ》いんだろう。そんな些細《ささい》な理由で決壊してしまうくらいに、この教室で築き上げた友情は脆《もろ》く、日の浅いものだった。みんなすぐに飽きるからと耐えていたけれど、いつまで堪《こら》えればいいのかわからない。理科の実験で班が一緒になったり、岸田君と作業しなきゃいけないときが来ると、ご結婚はいつされるんですかー、と嘲笑《ちょうしょう》の声が降ってくる。いつも、岸田君は申し訳なさそうに肩を小さくして、わたしの表情を窺《うかが》っていた。わたしは岸田君とは口を利かないように努めていた。視線も向けないようにしていた。そうすれば、この長い一週間がいつか終わるような気がして。

だから、国語の授業の朗読で、岸田君が夢中になってノートに絵を描いていることも、岸田君が先生に指名されるそのときまで気がつかなかった。午後の退屈で長ったらしい授業で、わたしもあくびをかみ殺しながら眠気と戦っていたときだった。どうした岸田ぁ、と先生の野太い声に促されて、わたしはちらりと彼の方を見た。指名された岸田君は、走らせていたペンを止めて、慌てて教科書に眼を落とした。けれど、朗読がどこまで続いていたのかわからなかったのだろう。困惑した表情で教科書の文字を睨んでいる。わたしは俯いて、ただ時間が過ぎるのを待った。わたしなら、朗読がどの文まで続いていたかわかるし、それを教えることもできただろう。いつもなら、そうしていたかもしれない。ここだよ、と教科書の端を指さして、唇を小さく動かすだけで良かった。

岸田君の視線を感じたような気がする。わたしはそれに気がつかないふりをして、ただひたすらに俯いた。女の子たちが先生に気づかれないよう、気配だけで笑っている。どうした岸田ぁ、聞いてなかったのかぁ、と先生が声を上げる。岸田君はなにも言わなかった。わたしはその沈黙の時間が耐えがたくて、息をするだけで心臓が痛むようだった。だって、と思う。だって、そんなの、あんたが悪いんじゃない。あんたが授業を聞かないで、ノートに絵なんて描いているから。だから、そんなの自業自得じゃん。わたしが助けてあげる理由なんてない。

授業が終わってすぐ、教室を抜け出そうとした。塚本さんたちの会話が聞こえる。今日は奥さん、助けてあげなかったねぇ。どうしてかなぁ、倦怠期《けんたいき》？　うわぁ、マジやばい、離婚の危機じゃーん。

もう駄目だと思った。堪えきれない。どう耐えればいいのかわからない。どんなふうに抵抗しても、どんなふうに振る舞っても、彼女たちは事実を折り曲げて解釈し、面白そうにわたしのことを嗤う。もう、どうしようもない。こんなの、どうしようもないじゃないの。

小学校が同じということは、帰る方向も同じということだ。鞄を抱えて、まっすぐに通学路を進んだ。もう帰り道をいっしょに歩いてくれる子はいなかった。それなのに、わたしの視線の先には猫背でのろのろと歩いている岸田君の姿があった。

息を呑《の》んで、拳《こぶし》を固める。わたしはひたすらに彼の姿を追い抜く。それなのに、森川さん、と呼び止められた。わたしは振り返るべきか少し迷って、結局、足を止めた。振り向くと岸田君は側《そば》まで駆け寄ってきて、けれど声をかけたくせに、なかなか口を開こうとしなかった。わたしたちは自然と歩みを再開して、二人で並んで歩いた。ときどき後ろを振り返って、誰かに見られていないかどうかを確かめながら。

「なにか用?」

なるべく明るく振る舞おうとした。それなのに、わたしの口から出てくる言葉は、つっけんどんで、尖《とが》ったものになる。岸田君は俯いたままだった。背筋を曲げたまま何歩も歩いて、それから聞き取りにくい声音で言う。

「なんか、ごめん。俺《おれ》のせいで」

わたしは、彼が悪いわけじゃないと知っているのに、彼のことを殴りたくなった。罵って、喚《わめ》きたくなった。あんたのせい。あんたのせいだよと声を荒らげたくなる。けれど、それは女の子たちが呼ぶ嵐のように理不尽だと思ったから、涙が流れないように深く息を吸う。

「べつに、関係ないよ。なんか塚本さんたちが勝手に勘違いして、騒いでいるだけじゃん。気にしたって仕方ない。それとも、ほんとうに付き合っちゃう？」

わたしの発した冗談は、この場の空気を明るく変えて、わたしが塚本さんたちのことをぜんぜん気にしていないんだってこと、証明してくれるはずだった。

お似合いじゃん。付き合っちゃえばいいじゃん。おしあわせにー。

はい。わたしたちはほんとうに付き合っているので、どうか静かに温かく見守っていてください。わたしも、ちゃんと恋をしているんです。

そうして平然としていたら、嗤われることもなくなる？　みんなもう、からかうのをやめてくれる？

せめて、わたしもぱんぱんに膨らんだペンケースの代わりに、お洒落《しゃれ》な化粧ポーチを鞄に忍ばせていれば。休み時間にトイレの鏡の前で、薄く消えかかった眉毛にペン先を押し当てながら、女の子たちのおしゃべりに交ざって、誰がカッコイイとか、誰が付き合っただとか、誰が気持ち悪いだとか、誰が嫌いだとか、そういうことを、言えるようになれれば。

好きな人のいない教室は息苦しい。

どんなにつらくて悲しい時間が待っていても、誰かが側にいてくれたら、それだけで励みになるのかもしれない。たとえ一方通行の想《おも》いだとしても、誰かを好きになれば、理不尽な仕打ちに耐えることができるのかもしれない。けれど、わたしには好きな相手がいない。いないんだから、仕方ないじゃない。みんなと同じようには、振る舞えないよ。

どうして、わたしたちは誰かと付き合ったり、付き合わなくなったりするんだろう。瞼を開けられなかった。少しでも緩めたら、その瞬間、噴きこぼれる熱湯のように、熱い濁流がぶくぶくと溢れて流れていってしまう。

それとも、ほんとうに付き合っちゃう？

わたしの最低な冗談に、岸田君は笑わなかった。

ただ、こう言った。そんなの、戦う方法じゃないよ。

戦う方法？

「自分に嘘をついてまで、みんなと合わせたって、きっとなんの解決にもならない」

「なにそれ」

わたしはそう言って、制服の袖《そで》で涙を拭う。きっと恋をしている女の子なら、涙を吸ったこの袖に、きらきらとした星のような粒子が吸い付いて、茶色いメイクの跡で汚れてしまうんだろうけれど。

「ばいばい」

それだけを言うのがやっと。

わたしは次の日学校を休んだ。

お腹が痛くて。

とても痛くて。

玄関から、出られなかったから。

＊

お母さんはわたしを病院に連れて行こうとしたけれど、寝ていればすぐに治るからって、わたしが何度も言い張ったから、心配そうな声を残して部屋を出て行った。

いつものように制服を着て玄関に腰掛けて、踵《かかと》のべろが擦《す》れているローファーに足を通していたら、身体から血が抜け出ていくような感じがして、立つことができなかった。

鞄の持ち手を握ろうとした指は震えていた。お母さんは、なかなか立ち上がろうとしないわたしを見て、どうしたの、具合悪いのと心配そうに声をかける。わたしは、なんでもないよと告げようとしながら、このまま倒れてしまった方が楽かもしれないなぁって考えていた。そうしたら、学校に行かなくていい。塚本さんたちに笑われることもない。申し訳なさそうな岸田君の表情を気にすることもない。今日こそは、ミウたちが声をかけてくれるんじゃないかって期待することもしなくていい。そう考えれば考えるほど、お腹が痛くなって、身じろぎすらつらくなる。しんどくて、生きているのが面倒になる。ばかみたいに感じられる。わたしは、なんだか風邪引いたみたい、疲れちゃったのかなぁなんて言って、なんとか部屋に引き返した。学校、休むね。わたしのその嘘は次の日も続いた。嘘をつけばつくほどに、お母さんは心配そうな顔をして、病院に行こう病院に行こうと繰り返す。でも、病院に行ったら、わたしの嘘は壊れてしまうし、それならどうして学校を休もうとするのか、お母さんに説明しなくてはならない。わたしの嘘は、お母さんを苦しめる。心配を重ねさせて、真実を都合良く隠すだけ。けれど、だって、知られたくないじゃない。自分が学校でどんな目に遭っているのか。そのみじめさを伝えなきゃいけないなんて。

ベッドの中で震えながら、みんながもう、わたしのことを忘れていますようにと祈り続けた。そして、わたしがほんとうに病気になりますようにって。そうすれば、嘘をつく必要もなくなる。胸を張っていられる。こうして布団を被《かぶ》り、理不尽さと恐ろしさに震えながら、現実から逃げるように、眠ろう眠ろうと願うことも、しなくてよくなるはずだから。

学校を休んで四日目だった。お母さんが呼ぶ声で目が覚めると、カーテンを閉め切った部屋は真っ暗で、もう遅い時間なのだとわかった。学校に行かない間を、わたしはほとんど眠って過ごしていた。漫画を読んで現実逃避したくても、ときどき横から入り込んでくる現実が、わたしの空想への旅を阻害する。塚本さんたちのささやき。このままでいいのかという疑問。いつになったら、どうやったら解決するのだろうと、保留にしている問題が止めどなく溢れてきては、わたしが漫画のページを捲る手を止めて、考えなきゃいけない事柄で頭の中をいっぱいにしていく。

それは夢の中でも同じだった。どうすれば終わるだろう。どうすれば解決するだろう。わたしはどうしたいんだろう。頭の中を、ぐるぐるとたくさんの疑問が渦巻いていて、真っ暗の夜空の中を、わたしは飛んでいる。ずっと飛び続けていると疲れてしまうから、そろそろ着地をしたいのに、方法がわからない。まるでプールの中で身体がくるりと浮いてしまって、起き上がれないのと同じだった。空は怖い。ふわふわしていて、いつ墜落して死んでしまうかわからないのに、自分からは降りることができない。

なこちゃーん。と、階段を上ってくるお母さんの声が聞こえる。携帯電話の画面を確認すると、六時を過ぎていた。それからノックの音がして、お友達がプリント持ってきたわよ、と扉を開けてお母さんが言う。わたしは被っていた布団から、のたのたと身体を這《は》い出させて、プリント？　と聞いた。誰だろう。お母さんは、纏められたプリント用紙を手渡しながら、そろそろ夕飯にするよ。具合は大丈夫？　熱はないの？　としつこく聞いてくる。わたしは大丈夫だよと答えながら、手にしたプリントの束を見下ろした。暗くてよくわからないなと思っていたら、お母さんは電気を点けてくれた。手の中には、松尾先生のプリントがたくさん。誰が持ってきたの、と聞くと、お母さんは、さぁと首を傾《かし》げた。ポストに入っていたの。お友達じゃないの？

お母さんはそう言って部屋を出て行った。わたしは身体を起こして、プリントの束を一枚ずつ捲っていく。今まで休んでいたぶんの、たくさんの教科のプリントが纏められていたみたいだった。誰だろう。先生が指示したのだろうか？　ミウかもしれない。わざわざプリントを届けさせるってことは、しばらく教室に戻ってこないだろうって思われているのかもしれなかった。

プリントを捲ると、消しゴムの滓《かす》のようなものが落ちて、はっとする。最後の方に挟まっていた用紙は真っ白で、他のものとは明らかに質感が違っていた。わたしは焦って、早くそこに辿《たど》り着こうとプリントを何枚も捲り上げていく。それから眼に飛び込んできたものに、ぷっと笑いが飛び出してきた。意味がわからなかった。でも、久しぶりに笑ってしまった。

ルパン三世に出てくる登場人物、次元大介《じげんだいすけ》が、ブーフのぬいぐるみを抱いて寝そべっているという、ひたすらにシュールでわけのわからない絵が描かれていた。えんぴつで描き込まれた柔らかな曲線が織り成す世界。なのに、次元の帽子の目元がカッコ良すぎて、抱きかかえているブーフとひたすらに不釣り合いだった。わけがわからなくて、ウケる。ひとしきり、笑ってしまった。

なんだ、岸田君か。わたしはそれを眺めてベッドに寝転がる。もう一枚、イラストの紙があるようで、少女趣味の次元に別れを告げながら、切り取られたルーズリーフの用紙を後ろに回した。そこに描かれている世界を眺めながら、わたしはどうしてか、ぼんやりと考えていた。夢の続きを。夢の中の世界を。夢で解決できずにいた不安を。

わたしはどうしたいのだろう。

このまま、なにもかも元通りの教室になればいいと思っていた。塚本さんと仲良くして、わたしもペンケースの代わりに化粧ポーチを持ち歩いて。そうして教室の中の空気にうまく溶け込むことができれば、みんなの標的にされることもないんじゃないかって。強いものに取り入ってしまえば、自分が虐《しいた》げられることもないんじゃないかって。みんなの仲間になれれば、敵である時間は終わりを迎えるはずじゃないかって。

「そんなの、戦う方法じゃないよ」

岸田君はそう言っていた。

嘘をつくなんて。

戦う方法じゃないって。

そう。彼は戦っていたんだ。嘘をつかず、違う方法で戦っていたんだと思った。たとえ周囲のみんなから陰口をささやかれて、気持ち悪いだの可哀想だの、漫画の中の女の子に恋してるだなんて、そんなふうに囃《はや》し立てられても、彼は違うって言わなかった。ただ黙々と描き続けた。自分の好きなものを、ひたすらに描き続けた。嘘はつかないで、好きを貫き通しているんだ。

自分に嘘をついてまで、みんなと合わせたって、なんの解決にもならない。

それは負けを認めるのと同じことなのかもしれない。少なくとも、岸田君はなにを言われても絵を描くことをやめなかった。ただ好きな漫画に、好きな子がいて、その子に好きな表情を、ポーズを取らせたくて、描き続けて——。その気持ちが、彼のペンに力を与えるんだ。

教室のみんなのことなんて、関係ない。

だって、わたしたちは、たまたま同じ年に、たまたま近くで生まれただけに過ぎない。たったそれだけの理由で一緒くたにされて、教室という狭い空間に閉じ込められてしまう。自分に嘘をついてまで、そんな繋《つな》がりを大事にする必要なんて、ほんとうは、どこにもないんだ。

岸田君が真っ白なルーズリーフに描き込んだその世界を、わたしはぼうっと眺める。

女の子が立っていた。柔らかな線で創られた淡くて美しい世界。わたしの好きな画風だ。もしかしたら、岸田君の本来の持ち味なのかもしれない。狭くて細い路地がずっと彼方まで延びていて、夏を感じさせる清々《すがすが》しい街並みが広がっている。その道の真ん中に、ワンピースを着た女の子が立っていて、わたしのことをじっと見ていた。どこか寂しげで、けれど優しく包み込んでくれるような、深い海のような眼差《まなざ》しで。

どうして、この子はこんな道の真ん中で、ひとりきり突っ立っているんだろう。ルーズリーフを見つめながら、わたしはしばらくの間ぼんやりと考えていた。

けれど、答えはわかりきっていた。

この子は、わたしのことを待ってくれているんだ——。

＊

玄関を出るとき、お母さんはすごく心配していた。車で送ると何度も言われたけれど、目立ちたくなかったから、自分で歩くことにした。

いつの間にか五月になっていたのに、朝の空気はまだまだ寒く、膝《ひざ》の間を抜ける風は、わたしのことを急《せ》かすようにスカートを強く靡《なび》かせている。ときどき息苦しさを感じながら、お腹を抱えるようにして廊下を進んでいく。息を吸う度に肺に収まる酸素が足りなくなるような気がして、何度も喘《あえ》いだ。水面に顔を出して息継ぎをするように、少しずつ立ち止まりながら教室に向かう。

わたしが顔を見せると、女の子たちは少しだけざわめいた。もう、自分の机の位置はそのままだったし、早朝の黒板に落書きが花を咲かせていることもない。女の子たちはからかう相手を失い、既に別の話題に興味を移していたのかもしれなかった。塚本さんたちの視線をかいくぐりながら、自分の机に向かって歩いた。

毅然《きぜん》としていよう。

怯《おび》える理由も、誰かの目を気にする必要もない。

好きな人はいない。まだ恋をしたこともない。わたしはみんなとは違うかもしれない。けれど、それのなにがいけないの?

机に向かっていた岸田君は、ちらりとわたしの方を見た。言葉はなにもなかった。

松尾先生が入ってきて、朝のホームルーム。そうしてすぐに、授業が始まる。

いつものように。

わたしは教科書を開いて、それから遅れていたぶん、真っ白になってしまったノートに眼を落とした。松尾先生はプリントを配り、教科書の文章を読み上げながら、丁寧な文字で板書を続ける。

もしかしたら、居心地の悪さみたいなのは変わってくれないかもしれない。きっとまた女の子たちの嘲笑を浴びて、どう呼吸したらいいのかわからなくなるときがくるだろう。

けれど、あんたたちに、どう思われたって構わない。

自分に嘘をつかないように。

誰か待っていてくれる人がいるのなら、わたしはそこにたどり着けるから。

わたしは机を摑む。床を引っ掻きながら、抱えた机を寄せた。

女の子たちの視線と、ささやきを感じる。

わたしは、まだ恋をしない。

だから化粧ポーチの代わりに、大きく膨らんだペンケースを持って、たくさんのペンをその中に詰め込んでおく。

「ねぇ、ノートを見せてよ」

今まで、何度も教科書を見せてあげたんだもの。それくらい、いいでしょう？

そうして、先生が退屈な話を始めたら、あなたの絵をノートの隅に描いて欲しい。今度は、あなたのノートじゃなくて、わたしのノートに。たくさん。

大丈夫。そのための道具は、このポーチの中にいっぱいしまってあるのだから。

死にたいノート

雨の降る日は好き。

わたしが憂鬱《ゆううつ》に沈み込んでいても、神様が赦《ゆる》してくれるような気がするから。

早朝の教室は、わたしの他には人間がいないせいで、静けさに凍《い》てついている。冷え切った空気は眼に見えなかったけれど、ドライアイスから漂う霧みたいに、タイルの床からじわじわと這《は》い上がってくるかのよう。雨に濡れた硝子《ガラス》窓を見ると、暗い景色に反射して、わたしの顔が映っている。その冷たさを想像するだけで、身体の底が震えた。立ち上る冷気はふくらはぎや腿《もも》を伝って、スカートの内側から身体の中にまで潜り込んでくる。

吐く息すら白くなりそうだ。悴《かじか》んだ指先に息を吹きかける。家を出るまで、ぬくぬくとした暖房に包まれていたせいだろう、くちびるがひどく乾燥していた。触れてみるとかさぶたができていたので、鞄《かばん》の中からリップクリームを取り出す。筒の底を回転させると、淡いピンクの突起が生えて出る。飴玉《あめだま》に似た艶《つや》を持つ先端を当てて、そっとくちびるに線を引いた。わたしの傷ついたそこは、少しばかり鋭利だったのだろう。リップクリームの先端に、引っ掻いたような傷が移る。どうしてかさぶたができるのだろう。

寒さのせい。暖房のせい。雨のせい。雨が降っているのなら、憂鬱でも構わない。理由は大事だ。わたしはきっと、理由を探している。

　時計を見ると、みんなが登校してくるまでには時間があった。ベージュの色をした手帳を取り出して、机の上に広げる。それは安い作りのシステム手帳で、小さな磁石で表紙を閉じることができるようになっている。わたしはそのマグネットの感触を確かめるように、手帳を何度か開いたり閉じたりしてみた。女の子が秘密を閉じ込めるのに、ちょうどいい固さをしていると思う。求めるように吸い付いてくる力を、わたしの指先が無慈悲に引き離す。その刹那《せつな》に生じる、磁力の抵抗が指に心地いい。

　手帳を開いて、中にあるノートを露出させた。なにも書いていないページを探して、指で辿る。

　シャーペンのか細い芯の先を覗《のぞ》かせて、ゆっくりと文字を綴《つづ》っていく。最初の文言は決めていた。

　お父さん、お母さん、ごめんなさい。

　文字が綺麗に書けたことに満足しながら、次の行に移る。

　わたしが死んでも、悲しまないでください。

　わたしがこうすることは、もう随分と前から決めていたのです。これは、どうしようもなく避けられないことでした。お父さんが悪いのでも、お母さんが悪いのでもありません。

やや力を入れすぎたのかもしれない、シャーペンの先が思いのほか強くノートの表面に食い込んで、折れて飛んでいった。その滓《かす》を一瞬だけ眼で追いかけながら、ノックを繰り返す。どうしようもなく避けられないこと。重苦しい力が加われば、か細い存在は、ひしゃげて潰《つぶ》れるだけ。

重苦しい力とは、なんだろう。わたしはノートを眺めながら、僅《わず》かな時間、考えていた。父のせいでもなく、母のせいでもなかったら、いったいなにがわたしの存在を押し潰してくれるのだろう。どんな感情が。どのような理由で。

わたしは死にます。せっかく生んでくれたのに、ごめんなさい。なんの親孝行もできなくて、ほんとうにごめんなさい。

全部、わたしが悪いんです。先立つ不孝をお許しください。

これを読んだ両親は、どんな顔をするだろう。わたしが死んで、悲しいだろうか。誰に責任を求めるのだろう。葬式の様子を想像してみた。どれくらいの人間が、わたしの死を悲しんでくれるだろうか。教室の人間は、何人くらい来てくれるだろう。もしかしたら、一人も来てくれないかもしれない。そうでなければ、先生に促されて、といったところだろう。ほんの少しだけ、真希《まき》ちゃんのことを考えたけれど、きっと彼女は来てくれないだろうなと思った。

なんてむなしく、寂しい死だろう。きっと人間の価値って、お葬式のときに、どれくらいの人間が来てくれるかで決まるんだと思う。それでも、わたしはその様子を確認することができない。自分が死んだあと、しばらくの間、幽霊になれたらいいのに。そうしたら、わたしは自分の葬式の様子を見届けて、自分の無価値さを思い知り、嘆きながらこの世から消えていくのだ。

しばらく、ペンの先が止まっていた。

死の理由を書くべきかどうか、迷っていた。

今日はどうしよう。いじめられているから、という理由は昨日使ったばかりだったし、飽きるほどに繰り返してきた。いいかげん、そろそろネタも尽きてくる。久しぶりに、失恋に耐えきれずに、というのはどうだろう。どんな恋なら、死に至るほどの説得力があるんだろう。燃えるような恋。身を焦がして骨まで融《と》かしてしまうような。だめだ。思い付く言葉はどれも陳腐で、苛立《いらだ》たしい気分に陥るだけ。妙案が思い浮かばずに、次のページを捲《めく》った。新たに広がった真っ白な空間に、文字を綴る。今度の文章は、あらかじめ決めていたものではなかったけれど、シャーペンの先は迷うことなく繰り返し躍った。止めどなく溢《あふ》れる思考を練り纏《まと》めるように。

死にたい。死にたい。

死にたい。

わたしは毎日、その言葉を、その文字を、カウントする。

繰り返し繰り返し、くちびるでささやいて、音を持たない呪文《じゅもん》のようにそっと唱える。

もう生きていたくない。面倒くさい。つらい。しんどいことばかり。この世は苦しくて、むなしいことだらけ。雨が降っても降らなくても、わたしは憂鬱で泣いてばかり。

どうしてだろう。なんでだろう。

どんな理由があれば、死んでもいいんだろう?

扉が開いた。

わたしは手帳を抱えるようにして、ページを閉ざす。戸口の方に顔を向けると、河田《かわた》さんたちが教室に入ってくるところだった。わたしはこっそりと、手帳を机の中に押し込む。

「藤崎《ふじさき》さん、おはよう。今日も早いねぇ」

笑顔で明るく、はしゃぐように噂話を繰り返して、女の子たちがぞろぞろと入ってくる。こんなにも暗く雨が冷たい朝なのに、彼女たちの周囲には陽が当たるようで、ぽかぽかと眩《まぶ》しく見えてしまう。おはよう、と返したわたしの挨拶《あいさつ》は、その賑《にぎ》やかさの結界に弾《はじ》かれるようにして、雲散霧消する。河田さんたちは、わたしの存在なんてもう忘れてしまったみたいに大きな声をきんきん上げて、わたしにはわからない話題で盛り上がっていた。

＊

声が通る人が羨《うらや》ましい。

「藤崎さん、なにを読んでいるの」

それはささやくような言葉だったけれど、物語に熱中していたわたしを、そっと現実に引き戻すことができるくらい、心地よい声音だった。硬い殻《から》に覆われた意識の中に、柔らかくすっと入り込んでくるような。染みいるような。きっと河田さんは歌が上手なんだろうと、聴いたこともない彼女の歌声を想像してしまうくらいには。

図書室に河田さんが来るのは珍しい。早朝の挨拶は別として、こんなふうに、わたしに声をかけてくることも教室ではまれだ。わたしは乾いたくちびるを動かし、そこがみっともなく荒れていることに遅れて気が付いた。そこを片手で隠すようにして、彼女の質問に答えようと書名を口にする。けれどわたしの醜《みにく》い声は、もぞもぞと空気を震わせるだけだった。河田さんが聞き返してくる前に、閉じた本を掲げて、タイトルを見せる。

「知らない作家さんだ。面白いの？」

どうだろう。わからない。けれど、人を選ぶ本であることに違いはないだろう。

河田さんの趣味はわからない。だから、わたしは首を傾《かし》げて、よくわからない、と答えた。今度はうまく発音できたと思う。

わたしの発する声は、ときどき醜く潰れてしまう。ごめん、なんて言ったの？　え、もう一回言って。会話の最中に、そう聞き返されることが度々あった。同じ言葉を二度繰り返すのは、みんなが想像しているよりも、ずっと疲れてしまう。苦労して、溢れる言葉をくちびるで綴ろうとしても、伝わらないのなら仕方がない。無駄だとわかっているから、無闇に労力を注ぎ込みたくない。だから自然と発する言葉は少なくなるし、他者と交わす会話も短く、途切れがちになってしまう。そもそも、会話自体が得意じゃないから。指先を伸ばして誰かに触れようとしたとき、鋭い針の先端に血のふくらみを作られるのは、だって、怖《こわ》い。その痛みを想像すると、自然と声は小さくなり、おどおどと、くちびるが震えてしまう。あの、とか、その、とか、えーっと、とか、そんなふうに頭に言葉を付けて、間合いを窺《うかが》いながらじゃないと、会話なんてできなくなる。

「そうなんだ。好きな作家さんなの？」

だから、こんなふうにするすると距離を詰めてきて、耳に心地よい声を出す河田さんは、わたしとはまるきり違う世界に住んでいる生き物なんだと思う。

美しい生き物。

わたしも美しく生まれたかった。

それは理由の一つになるかもしれない。言葉をそっと胸にしまい込んだ。

「その」わたしは、彼女を見返すことができなくて、図書室のカウンターに伏せたその文庫本に眼を落としながら、言葉を探す。ああ、また、言ってしまった。その、だなんて。「えっと……。わからない。まだ、三冊くらいしか、読んでない、から」

でも、たぶん、これから好きになる。と、思う。

「それじゃ、これからだね」

彼女がそう言って笑ったので、わたしは思わず顔を上げてしまう。自分の感情が漏れ聞こえてしまったのではないかと思った。もちろん、それは気のせいだった。そうでなくとも、気持ちが伝わるのは、きっと喜ばしいこと。彼女とは教室で雑談することはほとんどなかったから、声をかけてくれたのは嬉《うれ》しかった。河田さんは顔を上げて、図書室をぐるりと見渡しているところだった。

河田さんは、なにか探しもの？

もごもごと、わたしがそう問いかける前に、河田さんは言った。

「クイズとか、パズルの載っている本って、どこにあるかな」

予想外のジャンルだったので、面食らってしまった。どこだろう。図書委員とはいえ、わたしは小説の類《たぐい》しか本を借りないから、棚の位置がわからない。だいたいの予想は付く、のだけれど。

「その……。たぶん、あっちに」

わたしは立ち上がってカウンターを出た。河田さんは、どうしてか笑顔を浮かべたままだった。彼女が付いてきてくれるのを確かめて、わたしは棚の奥へ向かう。いざとなったら、宇佐美《うさみ》先生に聞けばいい。

河田さんは言った。ささやくように。

「妹がね……、レクリエーション、っていうの？　学校の授業かなにかで、クイズを出さないといけないんだって。でも、小学校の図書室にある本は、いやだって言うんだ。もっと難しいのがいいんだって」

そういうのは、もっと大きな、市の図書館に行った方がよさそう。わたしは目当ての書架を探して、視線を彷徨《さまよ》わせる。教養。娯楽。たぶん、この辺り。前に手品の本を見つけたことがある。ほら、あった。

「あの、ここに……」

そう告げようとしたとき、わたしの脆弱《ぜいじゃく》な声音を、女の子の言葉が打ち消した。「千《ち》瀬《せ》ちゃん、どうしたのこんなところで！」書架の陰から飛び出してきた彼女は、河田さんの腕を取る。千瀬ちゃん、と呼ばれた河田さんは眼を輝かせて、その子の腕を引っ張り、じゃれ合うようにして答えた。「ちょっとお使い頼まれちゃって。あっちゃんは最近どう？」「クラス離れちゃってから、あんまり会えてないもんねー。やっぱり部活忙しいの？　ねぇねぇ、千瀬ちゃん、そういえばさぁ――。

図書室では、お静かに。

そう告げる言葉も気力もなく、わたしは書架を示そうとした腕を下げて、ただ佇《たたず》んでいた。すらすらと歌うように会話をする彼女たちを、少し離れたところから見つめる。やっぱり、河田さんみたいな子は、ああいう賑やかで、きらきらと輝いている子と一緒にいるべきなんだろう、と思った。わたしのように静かで声を漏らすことなく、暗がりに潜《ひそ》んでいるような子とは、なんというのか、そう、釣り合わない。彼女たちの眩しさに、眼が眩《くら》みそうになった。

小学生の頃は、よく日記を書いていた。わたしも、言葉を自由に操ることができればいいのに。ノートに文字を綴っていくのは得意だった。声に出して気持ちを伝えることは不自由でも、に、真っ白なノートの広大な空間に、好きなだけ言葉を並べていく。まるで翼を得て空を自由に躍る小鳥みたいは好きだったし、日々のできごとを文章で彩っていくのは、モノクロの世界に筆で色を乗せていく行為に似ていた。どんなに退屈な日常でも、言葉を駆使して景色を描き出せば、思い出を鮮やかに彩って、たいせつに保存しておくことができるような気がした。

真希ちゃん、という仲の良かった子がいて、一年くらい、その子と日記を交換していたように思う。交換日記に描かれるのは稚拙でとりとめのないことばかり。日常のこと、感じたこと、疑問に思っていること。詩のような散文に、小説と呼ぶにはあまりにも幼稚な、終わりのない物語たち。

六年生になった頃、真希ちゃんはなかなか日記を書いてくれなくなってしまった。ほとんど毎日のようにあったやりとりは、やがて一週間おきになり、二週間以上待つときもあった。互いにクラスが離れると、わたしたちは徐々に徐々に疎遠になっていった。

「ねぇ、もう日記書いてくれないの」お昼休みの時間に、真希ちゃんを捕まえてそう尋ねた。わたしは、真希ちゃんにわたしの文章を読んでもらいたかったし、彼女が書くロマンティックな詩の世界を楽しみにしていた。

「ああ、あれね。ああいうの、もうやめようよ。なんだか子供っぽいし、涼《りょう》ちゃんはいいかもしれないけれど、あたし、受験勉強しないといけないんだよね」

真希ちゃんは私立の中学校に行ってしまった。

わたしが無言で突っ立っていることに、ようやく気づいたのだろう。河田さんは、わたしの方をちらりと見て、少し申し訳なさそうな表情をした。わたしはぼそぼそと掠《かす》れた声を出して、書架を示しながら言った。「あの、たぶん、このへんにあるから」

それでねぇー、と、河田さんにあっちゃんと呼ばれた女の子は、瑞々《みずみず》しいくらいに潤いに満ちた声音で、楽しそうに会話を続ける。わたしは身を翻《ひるがえ》し、足早にカウンターへと戻った。

溜息が漏れた。

なんでだろう。どうしようもなく、ほんとうに、どうしようもなく、死にたい気分だった。

もしかしたら仲良くなれるかもしれないなんて、身分不相応なことを考えてしまったのかもしれない。なんて惨《みじ》めな人間だろう。わたしなんかが、河田さんと釣り合うはずないのに。

わたしは、どうしてこんなふうに生まれついてしまったのだろう。

わたしも美しく生まれたかった。

言葉を自由に操って、誰とでも気兼ねなく、笑顔を交わすことができるようになれたら。

死にたい。苦しい。寂しい。悲しい。けれど、どの言葉も妥当ではないような気がして、自分の語彙《ごい》では表現しきれない気持ちに、心が支配されていくのを感じる。

醜く生まれてしまったから、というのは、死んでもいい理由になるだろうか。

わたしは理由を探している。

だって、こんなにも死にたい気持ちに陥るのに、わたしはそれに相応《ふさわ》しい理由を見つけられないでいる。死にたいと思うからには、それに相応しい理由があるべきだった。なのに、両親は普通だ。呆れるくらいに普通だった。わたしの家庭環境に問題はない。教室でいじめられているということもない。身を焦がすような恋に破れた経験もない。

わざわざ死を選ぶような理由を、わたしは持ち合わせていない。それなのに、どうしてだろう。

わたしは、たまらなく苦しい。

いつも、こんなふうに、

たまらなく、切なく、たまらなく、悲しくなる。

死にたくて、死にたくて、消えてしまいたくなる。

どんな理由なら、わたしは自分を納得させられるのだろう。

その理由を探して、わたしはいつも、自分のノートに死を綴る。死にたい気持ちを綴って、遺書を書きためて、自分が死んだらどうなるだろうかと夢想する。そうして死に陥った気持ちになり、死に相応しい理由を求めて、創作を繰り返す。

朝。誰もいない教室へ来ると、この世界で自分がたった一人きり、生き残ってしまっているような気分になる。いいようのない寂しさを抱えながら、手帳を開いて、これから死ぬ気分で文字を綴ると、自分が少しずつ少しずつ、ほんとうに死んでいくような気がする。

それがわたしの、誰にも見られてはいけない朝の儀式だ。

＊

最後の授業の鐘が鳴って、鞄に荷物を押し込んだ。机から取り出した教科書を、持ち帰るべきものとそうでないものとに選別して詰め込んでいく。そうして忘れ物がないかどうか机の中を確認したとき、ぞっとした。皮膚の下を熱い血のうねりが駆け上がっていくようだった。

ない。

こういうとき、血の気が引く、というのかもしれないけれど、それとは正反対に自分の頬が熱くなっていくのを感じる。沸騰しそうだった。胸が破裂しそうなほどに強く心臓が暴れ回り、それからようやく、冷水のように凍てついた感触が、送り出される血と共に身体中を巡っていく。ないなんて、そんなはずはない。どこかにしまったまま、紛れているだけのはず。鞄の中をひっくり返し、教科書の間に挟まっていないかどうか、一つ一つ確認した。なかった。机の中を覗き込んでも、ぽっかりと暗い空洞が広がるだけで、わたしの求めているものの姿は見当たらない。

どうしよう。ほんとうに、ない。

最後に使ったのはいつだったろう。どこかに置き忘れてしまったのだろうか。思考が目まぐるしく駆けて、わたしを焦りの汗で湿らせる。万が一、誰かに見られたら――。

鞄の中も、机の中も、ロッカーの中も確かめた。ほんとうに、ない。どうしよう。どこかに忘れてしまったのだとしたら、落とし物として届けられる可能性があるかもしれない。けれど、もし中を見られてしまったら――。

「藤崎さん」

はっとして顔を上げる。わたしは椅子の傍らに立ち、机の中を覗き込んでいる格好だった。河田さんだった。

「ちょっと話があるんだけれど、大丈夫？」

わたしは反射的に頷《うなず》いていた。ほんとうは、それどころじゃなかった。一刻も早く、手帳を見つけ出さないといけない。

「良かった。あのね」

河田さんは、珍しく深刻な表情をしていた。

「さっき、理科室で、こんなの拾っちゃって」

彼女がそう言って差し出したのは、ベージュ色をした手帳だった。自分の息が詰まるのを感じながら、喘《あえ》ぐようにくちびるを動かす。それ――、と反射的に伸びた手を、けれどなんとか静止させる。

ベージュの手帳を見つめる。どうして理科室に？　教室移動のとき、慌てて教科書とノートを鞄から取り出したから、そのとき一緒に持ち出してしまっていたのかもしれない。わたしは河田さんの表情を見る。中身を、見られただろうか──。もし、見られてしまったのだとしたら。

「藤崎さんのじゃない？」

「どうして」

「わたしたちの班が座っていたところにあったの。みんなに聞いて回ったんだけれど、違うって言うから。あとは藤崎さんだけで」

差し出された手帳を見つめたまま、ちらりと河田さんの表情を盗み見る。いつも明るい笑顔を浮かべている彼女は、どうしてか、その表情を曇らせていた。

中を見られたかもしれない──。

直感的に、そう感じた。頬が燃えるようだった。

けれど、そう、よく考えよう。記憶を思い起こす。万が一、河田さんにノートを見られていたとしても、持ち主を特定できるようなことはなに一つ書かれていないはずだった。大丈夫。まだ、間に合う。まだ、ごまかせる。

違う。と、わたしは消えそうな声で答える。違う。わたしのじゃない、よ。

「そっかぁ……」河田さんは肩から力を抜くようにして、深く息を吐きながら項垂《うなだ》れた。

「そっか、そっか。良かったぁ。でも、そうなると、大変だな……、やっぱり」

わたしは震える声で聞く。

「どうしたの」

「それがね……」

河田さんは肩越しに教室の様子を窺った。教室の人影は徐々にまばらになっている。彼女は僅かばかり逡《しゅんじゅん》巡するような間を見せたあと、わたしの腕を掴《つか》んで、カーテンの陰に隠れる遊びのように、教室の隅へとわたしを導いた。

「あのね。これ、絶対に秘密にしてほしいんだけれど……」

河田さんの表情は真剣だった。彼女はベージュの手帳のマグネットを、そっと外す。秘密を閉ざす封は、呆気《あっけ》なく破られた。わたしは心臓が止まってしまうことに怯《おび》えながら、彼女の一挙一動を注視していた。

「名前が書いてあるかなぁって思って、中を覗いちゃったの。そしたらね……」

やめて。

彼女は手帳の中に収まっているノートのページを、ぱらぱらと捲り上げていく。そこに綴られた重たく息苦しい言葉の悲鳴に、わたしは眼も耳もなにもかも塞《ふさ》ぎたくなって、それこそ、ほんとうに死んでしまいたくなる。身体中のありとあらゆる熱が上昇し、顔面を駆け巡っていくかのようだった。眼球の水分が沸点を超えて、蒸発しそうになる。わたしはノートに眼を落としたまま、けれど、表情と頬の紅潮を悟られまいとして、片手を頬に押し当てた。やめて。読まないで。笑わないで――。なんとかして、ごまかさないと――。

「遺書、なのかな……。そういうのが、ほら、たくさん書いてあって」

どうしよう。

けれど、そう呟いたのは、わたしではなく、河田さんだった。

「この子……。なんとかして見つけないと、死んじゃうかもしれない」

＊

なにを、馬鹿なことを言っているのだろう。

しばらく、唖然《あぜん》としていた。乾いたくちびるを開くと、痙攣《けいれん》するそこは、かさぶたの痛みを発している。その傷が引っ張り合うようなぴりぴりとした刺激を感じながら、わたしは河田さんを怖々《こわごわ》と見上げた。彼女は切羽詰まったような表情で、くちびるを噛み締め、その柳眉《りゅうび》を不安そうに歪《ゆが》ませている。

「どうしよう。ねぇ、藤崎さん。どうしたらいいと思う？　これ、ほんとうに、危ないよ。たいへんなことになっちゃうかもしれない」

わたしは、くちびるを魚のように何度も上下させて、ようやく言った。

「こんなの……」

見下ろす先に躍るのは、このか細い手で自ら綴った文字の羅列で。ペンがノートを凹《くぼ》ませるその感触と共に、一字一句、正確に覚えている。

「ほんものじゃ、ないかもしれないでしょう」

「そうかもしれない、けれど」

河田さんは、ノートを見下ろしたまま呟いた。そこに綴られた遺書の文面を、何度も何度も確かめるように瞳が細やかに走った。どうしよう。どうしたらいい。それを聞きたいのは、わたしの方だった。今はなんとしても、このノートを書いたのがわたしだとは知られてはならない。だって、知られたら。知られてしまったら。想像もしていなかった。そんなこと。わたしの秘密。わたしの綴る死の願望が、こんなふうに覗かれてしまうだなんて。

この狭くて閉ざされた場所では、噂話は瞬く間に感染していくだろう。教室に蔓延《まんえん》するその好奇の視線を想像した。毎朝のように遺書を書きためる哀れで根暗な女子を、みんなはどんなふうにとらえるだろう。死にたい死にたいと願って、まるで精神が病んでいるみたいに言葉を並べ、寂しさと孤独を紛らわせている人間のことを、どんなふうに見るのだろう。

藤崎さんってさ、ちょっと、なにを言っているのかわからないところ、あるよね。

一年生のときに、トイレでたまたま聞いてしまったその話を、唐突に思い出した。まだ昇降口に並んでいる下駄《げた》箱の位置すら正確に把握していないときのことだった。ああ、わかるわかるぅ。誰かがはしゃぐように大声で言った。あの子ってさぁ、ごにょごにょ喋《しゃべ》ってて、ちょっと聞き取れないよね。もっと大きな声で話してくださいって感じで。あのぅ、えっと、そのぉ、みたいな? やーん、似てるぅ!

ただの陰口だ。いじめというほどのことじゃない。実際に、その類の話を聞いたのは、それが最初で最後だった。

それなのに、どうして今になってそんなことを思い出すのだろう。わたしを見る眼。わたしを捉える視線。わたしという人間。唸《うな》るような血の流れが頬の下を轟々《ごうごう》と渦巻いて、耳の先にまで溢れていく。顔中が、熱かった。教室の隅にあるストーブが発する熱気が、鬱陶《うっとう》しくて仕方がない。どうしてか、目頭が熱くなってくる。変わらない。変わらないじゃない。バレたって。バレてしまったって。そう、それに――。それは、理由になる。教室で、学校での居場所を決定的に失ってしまえば――。ほんとうに死んでもいい、理由ができあがる。

「そうかもしれない、けれど」ふと、河田さんは言った。「でも、ほんものかもしれないんだよ」

わたしはしばらく、呆然《ぼうぜん》と彼女を見返していた。河田さんはノートを示しながら言う。

彼女のよく通る声は、意志の強さの表れなのかもしれない。ノートの語句を一つ一つ示しながら、わたしの眼を覗き込んで、丁寧に、訴えるように言う。

「たくさん、苦しい気持ちが書いてあるの。ほら、ここも。このページも……。すごく辛《つら》そうで。失恋とか、いじめに遭っているとか、書かれていて……。家庭のこととか、誰にも言えない悩みがたくさんあるみたいで、だから、もし、ほんものだったら」

河田さん――。

そんな、
そんな、滑稽《こっけい》な話を、信じてしまうの?

そういう、漫画に出てくるみたいな不幸の三重奏なんて、ありえるはずのない嘘だって、わかるでしょう?

わたしは言葉を求めて、天井を仰いだ。

どうしよう。どうしよう。おかしいじゃん。そんなの。

「変、だよ」と、わたしは声を漏らす。「遺書って、普通、そんなにたくさん書かない、から」

「練習なのかもしれない。下書きってこともあるでしょう」河田さんは決意したように言った。「やっぱり、先生に報《しら》せる」

「待って――」

反射的に――、わたしは河田さんの袖を摑んでいた。

だめだ。やっぱり、だめだ。

それだけは、避けないといけない。

先生に知られたら、それこそ大騒ぎに発展しかねない。大勢の人に、わたしの願望を読まれてしまう。

「藤崎さん?」

彼女の袖を摑んで俯《うつむ》いたまま、わたしは必死になって言い訳を考えていた。

「だめ、だよ……」か細い声で、なんとか告げる。「もし、ほんものだったら……。これを書いた子の気持ちを、考えると」白々しく、けれど、切実に。「先生に知られて、大騒ぎになったら……。恥ずかしいと思うし――。ほんとうに、死んじゃうかも、しれない」

「そうかも、しれないけれど……」

それじゃ、どうしたらいいの。

河田さんは困り果てたように眉を寄せて呟いた。

「それは、わからない、けれど」

放っておいて。

放っておいてほしい。

手帳は、そのままゴミ箱にでも棄《す》ててしまって、なにもかも忘れてほしい。大丈夫。大丈夫だから。その遺書に書かれている半分以上のことは、すべて嘘っぱちの偽物だから。失恋して、いじめに遭って、両親に虐待されているような、凄絶《せいぜつ》な人生を歩んでいる少女はこの学校に存在しない。河田さんが心配する必要、ないんだよ。だから、どうか、忘れてほしい。

「藤崎さん——」

河田さんは言った。

「わたしたちで、この子を見つけよう」

「えっ……」

喉から、素《す》っ頓狂《とんきょう》な声が漏れた。

「確かに、先生に知られたら大ごとになっちゃうかもしれない。それなら、わたしたちだけで、なんとかこのノートの持ち主を探してみようよ」

河田さんの眼差しは、真剣そのものだった。

わたしは言葉を詰まらせて、耳まで赤くした顔をぎょっとさせたまま、彼女をただただ見返す。

河田さん。

さっきから、なに言っているの？

「そんなこと……。どうして、わたしたちが」

「あ……。ごめんね」

河田さんは、ようやく気がついたというふうにはっとして、ばつが悪そうに俯いてしまった。

「うん、ごめんね。藤崎さん、巻き込むみたいに押しつけちゃって……。なんだか、藤崎さんなら、信頼できるような気がして。ほら、口が固そうっていうか」

わたしは、なにも言えないで唖然と彼女を見返す。息を吹きかけたらさらさらと揺れそうな、河田さんの綺麗な前髪を見つめていた。

「でも、大丈夫。迷惑かけられないし、わたしひとりでも、なんとかするから」

なんとかって、どうする気なのだろう。

どうしよう。

わたしは立ち尽くしたまま、ノートを閉じて大切そうにベージュの手帳を胸に抱く河田さんの姿を見ていた。気がつけば教室はしんとしていて、わたしたちの他には誰もいない。しとしとと雨が硝子窓を叩《たた》く音が静かに鳴っていた。

ストーブが、炎を唸らせている。

どうしたらいいだろう。河田さんを放っておく？　どちらにせよ、手帳を取り返すことはできそうにないし、ノートには持ち主を特定できる情報は残されていないのだから、無理に取り戻す必要はない。きっぱりとノートに別れを告げて、あとは知らぬ顔をしていればいいのかもしれない。河田さんが騒いでも。先生たちが騒いでも。わたしは関係ない。あなたたちの探している不幸な女の子は、この世界のどこにもいないのだから。

たとえ、河田さんが必死になっていても。

わたしが気にする必要なんて、ない——。

そのはずだった。

「待って」

わたしは知らず、去ろうとする河田さんの背中に声を掛けていた。どうするつもりなのかなんて、考えもしないままに。振り返る河田さんに、聞き取りづらい声音で言葉を綴る。

「わたしも……、手伝う、から」

河田さんはそれから、まるで氷が溶け落ちていくかのように、真剣だった表情に柔らかな笑顔を浮かべて言った。

「ありがとう」

＊

「でも、どうするの」

　轟々と唸るストーブの炎は、教室に侵入してくる冷気をことごとく追いやってくれるようだった。わたしたちは近くの席に向かい合って腰掛けて、問題のノートを広げていた。途中、ストーブを消すために先生がやって来たのだけれど、河田さんは、委員会の打ち合わせがあるのでもう少しここにいますから、と笑って答えた。わたしは悪いことでもしているような気になり、ほとんど反射的にノートを閉ざして俯いた。先生は納得して、すぐに廊下を去って行く。河田さんは、信用されているんだろう。彼女はわたしに笑いかけると、再びノートを開いてページを捲っていく。

「もう放課後だから、これからこの子を見つけ出すのは難しいと思う。だから、明日から少しずつ、情報を集めていこうかなって」

　情報を、集めるって？

　わたしの掠れた言葉に、河田さんは真剣な表情で言った。

「手がかりは、色々と書かれていると思うんだ。さいきん失恋して、家庭に問題を抱えていて、いじめに遭っている子……。わたしたちのクラスにいじめってないと思うけれど、でも、わたしたちが気付いていないだけかもしれないでしょう。だから、そういう子の情報を、それとなく集めて……。あとは、ページュの手帳を落とした子がいたら、連絡を欲しいって、みんなに伝えて回るの」

どうしよう。想像していた以上に河田さんは本気らしかった。

わたしは、なんとか彼女の計画を阻害しようと、言葉を返した。

「でも……。ここにある、いじめとか、失恋とか、嘘かもしれない。ううん、ぜったい嘘だよ。こんなの。嘘っぽい」だって、嘘なんだもの。「だいたい、違うページに、それぞれ、違う遺書が書いてあるなんて、おかしいよ」

「でも」河田さんはかぶりを振った。癖毛なのかもしれない。毛先が微《かす》かに曲がった黒髪が力なく揺れる。「嘘を、こんなふうに、必死に書くかな」

どうしよう。なんて反論しよう。クラスの子たちに聞いて回って、情報を集めて回って……。そんなの、大ごとすぎる。先生たちに知られるのは避けなきゃいけないけれど、でも、河田さんがやろうとしていることは、それと同じくらいの騒動に発展しかねない。

言葉に迷っていると、教室の戸が開いた。

「あれぇ、千瀬ちゃんじゃーん」

見ると、女の子が教室に入ってきた。昼間、図書室で河田さんに声をかけてきた女の子だと気がついた。あっちゃん、と呼ばれていた子だ。髪を後ろでポニーに結んでいて、その毛先が跳ねるように揺れ動く。彼女は軽やかな身のこなしでなんのためらいもなくわたしたちの席に近付いてきた。千瀬ちゃん部活どうしたの。いなかったから探しちゃったじゃーん、と彼女は言った。部活、という言葉を反芻《はんすう》しながら、河田さんを見る。そういえば、河田さんは弓道をやっているはずだった。

「あっちゃんこそ、どうしたの。バスケは」

「今日はサボり。寒いんだもん」

あっけらかんと言うと、あっちゃんさんは、机の上に広げられたノートに眼を落とした。しまった、と思う暇もなく、「なになに、なにしてんの」と声を漏らしながら、そのノートに彼女の手が伸びる。あっちゃんさんは、そのノートを手にして、眼を走らせた。河田さんは彼女を見上げて、強引に奪い返すべきか迷うように腕を彷徨わせた。わたしは呆然としたまま、彼女がノートに大きな瞳を走らせて、そうしてくちびるがにんまりと歪んでいくのをただ眺めていた。

「ぷぷーっ」と彼女は嗤《わら》った。「なにこれ。ポエム？　ポエムなの？　うわ、暗い！　暗い！　暗すぎる！　久々に見たよ、こんな病んでるポエマー！　ぷぷー！　誰の誰の、千瀬ちゃんの字じゃないよねこれ」

彼女はきらきらとした好奇心丸出しの双眸《そうぼう》でわたしを見た。品定めをするようないやな視線だった。目頭が熱くなるのを感じて、わたしはくちびるを開く。机の下、スカートに乗せた拳を硬く握りしめた。違う、と大きな声で訴えたかった。

違う。

なにがだろう。

ポエムじゃない。暗くなんてない。病んでなんていない。

ほんとうに？

「違うよ」

そう言ったのは、わたしじゃなかった。

「落とし物なの。ちゃんと読めばわかるけれど、書いてあることも、たぶん、本気なんだと思う」

それから河田さんは、あっちゃん、よく聞いてね、と真剣な表情でこれまでの経緯を語った。あっちゃんさんはノートを手にしたまま、しばらくの間、きょとんとしていた。

「それで……。この落とし主を探すの？」

とポニーを揺らすようにして、大きく首を傾ける。

「そう。あっちゃんも、笑ってないで手伝ってよ」

「うーん」彼女は声を漏らしながら、よいしょと椅子を持ってきて、そこに腰掛ける。

それから、どれどれと言って、ノートのページに眼を通し始めた。わたしは彼女の反応を見ることができず、視線を落とす。だって、これ以上、嗤われたくなんてない。

「三人なら、手分けして情報を集められると思う」と河田さんは言った。「朝とお昼と放課後。それぞれ、ノートに書いてある条件に当てはまる子がいないかどうか、友達とかに聞いて、それと並行しながら、ベージュの手帳を落とした人がいないかどうか、みんなに情報を流してもらうの。心当たりがある人は、わたしを訪ねて欲しいって」

「そんなこと、しなくても」わたしはなんとか事態を小さく収めようと反論する。「落とし物として、職員室に届ければいいんじゃないの。落とした子は、きっと自分で取りに来るよ」

もちろん、わたしは手帳を回収しに行くつもりはなかったけれど。

河田さんはかぶりを振った。

「落とし物って、先生にチェックされちゃうから、それをしたら、やっぱり大騒ぎになっちゃうよ。それに、確かに手帳はその子のもとに戻るかもしれないけれど、それってなんの解決にもならない」

解決って……。

「この子、きっと苦しんでいるんだよ。なにか、力になれるかもしれないでしょう」

そんなの。

そんなの、先生に任せておけばいい。わたしたちにできることなんてなにもない。本気で死を考えている子に、中学生の慰めが、いったいなんになるというの。滑稽だった。

河田さんに言い返そうとしたその言葉は、大きく矛盾している。だって、ここに書かれているることが嘘なんだってこと、わたしは知っているはずなのに。

「やっぱりこれ、創作だよ。病んじゃってるポエムだってば」ある程度、ノートに眼を通したらしく、あっちゃんさんは手帳を机に放り出して言った。「死にたい死にたいって、そればっかり書いてあるページもあるけれど、本気じゃないよ。遺書っぽく書いてあっても、動機がバラバラで、嘘くさいんだもん。少女趣味の、へたくそなポエムだって」

息を吸って、それから、ストーブの熱気が温めたその空気を吐き出すことすら忘れて、わたしは暴れそうになる身の内の炎を必死に抑え込む。血を沸騰させるような高熱に変化したそれは、わたしの肺の中をぐるぐると駆け巡って、喉の奥を焼き尽くそうとする。

少女趣味の、へたくそなポエム――。

違う。

本気じゃない。

嘘くさい。

違う――。

「違うよ」わたしは叫んだ。「ポエムじゃない。苦しんでる。この子は――、きっと、つらいんだよ」動機が、嘘でも。死の理由が、でたらめでも。身を焦がす苦しみの正体を、見つけられなくても。「死にたくて、死にたくて、たまんなくて！　でも、どうしたらいいのかわからなくて、それで、ノートに書くしかなくてっ……！」

俯いたまま、スカートの裾を握りしめて、叫んだ。教室の空気がしんと静まり返り、河田さんも、あっちゃんさんも、それから、ストーブの轟々とした音すらも消えてしまったような気がした。

どうしよう、と冷や汗が噴き出る。

不意に、くすくすと、優しい笑い声が耳をくすぐった。

「千瀬ちゃんってば、なに笑ってんの」

あっちゃんさんが言う。

「だって、藤崎さんがそんな大きな声を出すの、初めて見たから。びっくりして」

わたしは怖々と顔をあげる。

だからって、笑うことないのに。

河田さんは優しい笑顔を浮かべていた。

「そうだよね。苦しいから、吐き出しているんだよね。あっちゃん、頑張ろうよ。なんとかして、この子を見つけよう。それでさ、この子を誘って、みんなでカラオケに行って、ぱーっと歌うの」

「なにそれ」とあっちゃんさんは笑った。それから、自分のポニーの毛先を触って、「仕方ないなぁ、いっちょ頑張りますか」と言った。

＊

わたしたちの探偵めいた活動は、それから何日も続いた。おかしな話だった。明日にでも死んでしまうかもしれないような、失恋をして、虐待を受けて、いじめられている少女なんて、この学校にはどこにも存在しないというのに。それなのに、河田さんも、あっちゃんも必死だった。河田さんは、休み時間に暇さえあれば情報収集をしていたし、あっちゃんは交友関係が広いらしくて、恋愛絡みの話をたくさん聞き集めてくる。わたしはというと、それほど多くない知り合いを頼りに、ベージュの手帳を落とした子がいないかどうかを聞いて回った。馬鹿な話だった。手帳を落としたのは、わたし自身なのに。それなのに、河田さんやあっちゃんの努力を見ていると、決してサボってはいけないことのように思えた。それに、とても不思議な話ではあるけれど――、なんだか、ほんとうに、そんな子がいるんじゃないかって思えるようになってくる。失恋をして、虐待を受けて、いじめられていて、死にたいとノートに綴っている女の子が、ほんとうにいるんじゃないかって。

作戦会議と称して集まる場所は放課後の教室だった。ときどき、河田さんもあっちゃんも部活を抜けられなくて、毎日というわけにはいかなかったけれど、わたしたちはかなりの頻度で放課後をそこで過ごした。河田さんは、手帳が理科室に落ちていたことから、あの日に理科室を使ったクラスを割り出して、範囲を絞ろうとしていた。わたしたちのクラスの他に二組と、一年生が使っていたことがわかった。河田さんは、これは噂なんだけれど、もしかしたらと言って、二組でいじめに遭っているらしい少女の話をした。わたしの知らない女の子だった。あっちゃんは、よそのクラスで巻き起こったという壮大な三角関係のことを話して、その大失恋して傷ついている女の子の家庭環境が、このノートに書かれている内容に似ているかもしれない、と言った。わたしの知らないところで、傷つき、苦しんでいる子たちが存在しているのだという、そんな当たり前のことを、わたしは愕然《がくぜん》としながら知った。「でも、この子は手帳を落としていないって言うんだよね。やっぱり言いづらいのかなぁ……。そんなに親しい子じゃないし、あたしたちに相談なんて、できないもんね」もしかしたら、他の子なのかもしれない。今度は一年生にも当たってみよう、ということになって、その日はお開きになった。そんなふうに幻想の少女を追いかける日々の中で、わたしたちは一緒に肩を落としてとぼとぼと帰宅したり、気休めのくだらない雑談で笑い合ったり、お腹空《す》いたから駅前のマックに寄っていこうよ、というあっちゃんの言葉に賛成して寄り道をしたりする。誰かと一緒に、マックに寄ってご飯を食べるなんて、わたしには初めての経験だった。だからレジの前に並んでメニューを眺める間も、なにを頼んだらいいのかもわからなくて、視線をうろうろと彷徨わせた。河田さんは、「いっぱい食べると夕飯食べられなくなっちゃうよ。アップルパイだけにしておいたら」と言う。けれど、わたしたちの前で店員さんに注文しているあっちゃんは、セットを頼んでいるみたいだった。あの子は太らないからね、と河田さんは笑った。

誰かと一緒に、なにかをするために校舎を駆け回って、そうして当たり前のように肩を並べて帰路につくなんて、初めてのような気がした。わたしはぼそぼそと喋る自分の小さな声が、あっちゃんに嗤われるんじゃないかって怯えながら、二人の楽しげな会話を聞く。「涼ちゃんは？　テレビとか観てる？」不意に、あっちゃんにそう聞かれた。涼ちゃん、と誰かに呼ばれるのは、とても久しぶりだった。一瞬、わたしが声をかけられたんだってこと、わからなくて、何度も何度もまばたきを繰り返してしまった。わたしたちは油っぽい店内の片隅で、あっちゃんが分けてくれたポテトをちょっとだけ摘《つま》みながら、ときどき秘密めかして手帳の話をして、ときどき大声をあげて、テレビや漫画の話で笑う。不思議だった。一人じゃなくて、こんなふうに、わたしみたいに声の通らない人間が、二人の眩しい笑顔の輪に、交ざっているだなんて。

「あぁ、カラオケに行きたい」

マックを出て、暗くなった道を歩いた。冷たい風が吹いていて、高校生みたいにスカートを短く折ったあっちゃんは、横断歩道の信号を待っている間に震えながら言った。

脚が寒そうだった。

「この子を見つけたらね」

手帳の入った鞄をぽんぽんと叩いて、河田さんは言った。カラオケって、どんなところだろう。歌うのって、そんなに切望したくなるくらい、楽しいことなんだろうかと想像した。

「今日も駄目だったなぁ」

「明日があるよ」

彼女たちがそう言うと、信号が青に切り替わった。わたしは、ここで違う道を行き、彼女たちと別れなくてはならない。

「藤崎さん」

河田さんが言った。振り返ると、風がわたしたちの間を駆け抜けていく。わたしは身体の隙間に入り込んでくる冷気を遮《さえぎ》るように、マフラーに顔を埋《うず》めた。河田さんが手を振った。

「明日もよろしくね」

＊

「ああ、それ、河田さんにも聞かれたよ」

お昼休みに、格好だけでも付けておくつもりで、いつものように聞き込みをした。残っているのは、会ったことも話をしたこともないような人たちばかりだったけれど、「ベージュの手帳を落とした人を知りませんか」という台詞《せりふ》だけは、なんとか大きな声で聞き取りやすく言えるようになった気がする。もちろん、そんな手帳を落とした当の本人はわたしなのだから、こんな活動に意味があるとは思えなかった。それでも、河田さんやあっちゃんを見ていると、なにもしないで頬杖《ほおづえ》を突いたまま時間を過ごすわけにはいかなくなってくる。

そうですか、と掠れた声で頷いた。

「それより、河田さんって、最近なにしてるの？」

思いがけず、質問をされた。わたしはその意図がわからないで、眼をしばたたかせる。

「あ、あたしもね、弓道部なの。河田さん、練習に来る日、減らしてるんだよね。部長さん超怒ってるんだよ。試合だって近いのにさ、なんかワケありなんだろうけれど、直接は聞きづらくって……」

そうなんですか、と馬鹿みたいに言葉を返して、わたしはお礼を言うのも忘れて廊下を引き返す。授業をやり過ごし、小テストをほとんど空欄のまま返し、放課後を待った。荒れたくちびるはますます酷《ひど》くなって、リップクリームを塗りたくっても治る気配はいっこうにない。乾いた空気のせい。冷たい雨のせい。寒さのせい。ストーブのせい。窓の外を眺めると、わたしが手帳を落とした日と同じように雨がしとしとと寂しげに降り注いでいる。窓硝子を幾つもの水滴が彩っていた。放課後、わたしたちはいつものように、人気《ひとけ》のなくなった教室の隅っこ、ストーブの当たる暖かな場所で机を囲んで結果を報告し合う。河田さんは言った。一年生の子なんだけれど、家に借金があるみたいで、すごく大変らしいの。いじめられてるとかって話はなかったけれど、借金があるって、一回だけ書いてあったよね。ほら、ここに。河田さんはノートを広げてその箇所を示した。そういえば、そんなことも書いたかもしれなかった。あまりにも退屈すぎる動機で、一度しか使わなかったのだけれど。聞いてみた？　とあっちゃんは言った。河田さんは頷く。「違うって言われちゃった。でも、なんか、もう他にそれらしい話はなくって……」それから、あっちゃんは深く項垂れて溜息を漏らす。「あたしも……。なんか、全部空振りって感じ。やっぱり、いないんじゃないのかなぁ。死にたがってる子なんて。それか、やっぱりさ、恥ずかしくって名乗り出られないでしょ」

「そうかもしれないけれど――」

河田さんは俯いて言う。

「どうしよう……。他に、いい方法があるといいんだけれど……。なんにも、思い付かなくて」

わたしは、河田さんの、雨のせいでいつもよりくるりと曲がって、力なく垂れている髪の毛先を見ていた。寂しそうに、無力そうに、歯がゆそうに背中を曲げている、その姿を。

もう、いい。

もういいよ。

河田さんは、頑張った。

頑張ったよ。

頑張って、くれたよ。

「河田さん」

わたしは聞き取りづらい声で、呻《うめ》くように言う。

「練習、出る回数、減らしてるって……。試合近いって、ほんとう？」

河田さんは顔を上げて、それから微笑んだ。うん、まぁ、そうだね、と曖昧《あいまい》に言う。

「もう、いいよ」彼女の眼を見返すことができないで、俯いた。スカートの上の拳を、ぎゅっと握りしめる。「もう……。見付からないよ。そこまで、すること、ないよ」

河田さんは、なにも言わなかった。

ストーブが、轟々と唸っている。

「この子が……、死にたいなら」わたしは訥々《とつとつ》と、言った。溢れるように、けれど、声が掠れて潰れないように、ゆっくりと。「ほっとけば、いいじゃん。わたしたち、関係ないじゃん」

「関係は、ないかも、しれないけれど……」

河田さんは、ゆるゆるとそう呟いて、言葉を切らす。

「助けて欲しい。気づいて欲しい。つらくて苦しんでる、だからこの子は、ノートに気持ちを書いているんでしょ？」

わたしたちの沈黙を打ち消したのは、あっちゃんだった。

「きっと、死にたいなんて思ってないよ。この子は、助けて欲しいんだよ」

わたしは唖然と、あっちゃんを見る。

助けて欲しい？

わたしが？

誰に？

「でも……」わたしは言い返した。「だからって、無理することないよ。河田さんの、試合の方が大事だよ。だいたい、だいたい、だいたい──」わたしは立ち上がり、ノートの上に手を叩き付けて言う。「こんな子、いるわけないじゃん。嘘に決まってるじゃん。こんな、こんなっ……。不幸を、自慢するみたいに書いてさ、こんなの、この子の妄想に決まってるじゃん！」

あっちゃんも、河田さんも、魂が抜けてしまったみたいに唖然とした表情で、わたしのことを見上げている。わたしは頬が熱くなるのを感じながら、俯いた。

「でも」河田さんが言った。「それでも、嘘だったとしても、この子が苦しんでるってことに、変わりはないと思う」

だって、

河田さんは言葉を探すみたいに、ゆっくり、途切れ途切れ、まるでわたしみたいに、小さく掠れた声を出して言う。

「だって、死にたいって、生きたいってことだよ。しあわせになりたいってことだよ」

生きたい。しあわせに、なりたい？

どうして。

どうして――。

どうして、そこまでして。

声が、漏れた。

「もしかしたら、この子はわたしの知っている子なのかもしれない。友達なのかもしれないんだよ。それなら、放っておけないよ。もしかしたらあっちゃんの、藤崎さんの友達なのかもしれない。放っておける？　見ないふり、できる？　だって、こんなに苦しそうで――」

わたしの掌が押し潰すノートに、河田さんがそっと触れる。彼女はわたしの指先を優しく包むと、導くように手を除《の》けて、ノートを取り出した。ぱらぱらとページを捲って、その文面に眼を落とす。わたしはそこに綴られている文字を眺めて、肩を震わせる。死にたい。死にたい。何度も何度も、何十回も綴ったその文字。わたしの願望。わたしの苦しさ、寂しさ、つらさ。もういい。もういいよ。河田さん。河田さんは頑張ったよ。あなたが探している女の子はほんとうはいない。どこにもいないんだよ。そこまでしなくていい。そこまでしなくていい。あっちゃんも、無理して付き合ってくれなくてもいい。だって、これを書いたのは。これを書いたのは、あなたたちを騙《だま》したまま、なんにも言えないでいる人間で――。

痛い。心が痛み出してくる。わたしは、この一週間、あなたたちを騙して怯える一方で、どこか心が優しく弾んでいる気持ちになっていた。明日もよろしくねと、自分のことを待ってくれている人がいるんだってこと、その感触を久しぶりに味わって、泣きたいくらいに、きっと嬉しかったのだ。死を願うのではなくて。死を願って、明日を終わりにするのではなくて。待っていてくれる人がいるから、明日がある。そんな当たり前のことを、ようやく思い出したのだ――。それなのに。それなのに、わたしは。

「うん。そうだよ、生きたいってことだよ。ここに死にたいって書いてあるぶん、きっと」

あっちゃんが言う。

生きたい。生きていたい。しあわせに、なりたい。

自分の声なんて、誰にも届かないんだと思っていた。悲鳴を上げても、誰かに届く前に、掠れて潰れて、消えてしまって、気づいてなんて、もらえないんだと信じていた。わたしの声を聞いて、耳にして、真剣に考え込んでくれる人がいるなんて、思ってもいなかった。

ああ、だめだ。だめだよ。

机の上に乗せた掌が震える。涙が落ちて、ノートの文字を湿らせた。

死にたい。死にたい。

わたしはときどき、手帳を開いて、感じたこと、遺書のようなものを、書き記す。早朝の学校で、あるいは授業中、黒板に書かれる数式を眺めながら。ときには、一人で部屋にこもっているときなんかに。

死にたい。死にたい。

毎日、毎日、わたしはカウントする。死にたいと思ったときのことを。そう考えた回数を、執拗《しつよう》なくらいにカウントする。

死にたい。死にたい。

生きたい。そんな言葉は一つも書かれていなくて、それなのに、手帳に刻まれた自分の文字を見つめ返す度に、どうしてか涙が溢れる。

死にたい。死にたい。

そう思った数だけ、わたしはきっと、生きていたい。

そう思った数だけ、わたしはきっと、しあわせになりたい。

その文字の一つ一つが、わたしの心の叫び、わたしが、わたしのためにできる、しあわせになるための、おまじない。

「藤崎さん？」

不思議そうに、問いかける声がする。

「涼ちゃん、どうしたの？」

わたしはくちびるを動かす。堪《こら》えていたなにかが溢れて、かさぶたが切れた。噛み締めると鉄の味が舌の先に広がる。伝えなきゃ。伝えなきゃ。ちゃんと、伝えなきゃ。

ありがとう。ありがとう。ごめんなさい。ありがとう。

もう、言葉を吸い取ってくれるノートは必要ない。言えないかもしれない。伝わらないかもしれない。

けれど、くちびるよ、今はどうか動け。

プリーツ・カースト

二年生になってから、不思議なことに気がついた。

たとえ校則で定められていても、あたしたちのスカートの長さって、ちょっとずつ違っている。一つ二つと折る子たちがいれば、膝が見えるギリギリの丈にしている子も多い。もちろん律儀に校則を守って、スカートですねまで覆っちゃってる子も見かける。それなのに、みんな身長も体格も違うから、スカートの長さだって変わってくるのは当然。それなのに、仲良くなる友達のスカート丈って、自分とだいたい同じってことが多い。教室のグループを観察してみると、一目瞭然《りようぜん》だ。膝上の、太腿《ふともも》が見えているグループ。ほんのかすかに膝が見えているグループ。校則通りに膝を覆っているグループに、もっとスカートが長い女の子たち——。あたしたちは、示し合わせたかのように同じスカート丈の子と付き合って、同類との絆を深めていく。

スカートの短さは、教室での地位を表す。短ければ短いほど、教室の中では輝ける。逆に、校則を守っているお利口《りこう》さんは、スカートが長くてダサくて、勉強ばかりして暗くてキモい。教室では、みんなしてそういうイメージを勝手に抱いているけれど、でも、だいたい当たっていると思う。スカートが長いのに活発な女の子って見かけない。グループの中では騒々しくても、教室の代表として輝けるかっていうと、そうじゃない。たいてい彼女たちは教室の隅で、息を殺して密《ひそ》やかに生きている。そういう違う種類の生き物なんだと思う。

ピーチ。シャボン。フローラル。それからグレープフルーツ。

体育が終わると、机の周りはたくさんの香りでいっぱい。いろんな制汗スプレーが賑《にぎ》やかに混ざって、これにお弁当の匂いが加わると、もうほんとカオスな状態になってくる。

匂いって、グループごとに違う。スカートが短い女の子からはいい香りがするし、スカートが長い女の子ほど、体育のあとは汗くさい。これ、ほんとの話ね。偏見なのかもしれないけれど、経験則としてはそう。だって、可愛い女の子はいい匂いをしているべきなんだもの。だから、あたしたちは香りを振りまいて、きらきら輝き、笑ってはしゃぐ。

今日の体育はダンス。班ごとにオリジナルのダンスを組み上げて、あとで発表するんだ。あたしはこの授業がいちばん好き。曲は好きなものを選んでいいし、振り付けだって、既存のダンスの細かいところをアレンジすれば、難しい部分をなくすことだってできる。大好きな曲のＢＧＭに合わせて、アイドルたちのように身体を踊らせるのは心地いい。体育館の床をシューズできゅっと鳴らして、揺れる髪の先や弾んでいく鼓動の一つ一つを感じると、身体中の細胞が活き活きと喜んで、歓声を上げてくれるような気がする。

「そんで、あいつオランウータンみたいな動きでさぁ、うちらずっと爆笑だったし！」

梓《あずさ》は、ダンスの班で一緒になった女子が、とろくてダサくて、なんだかむかつくんだよねー、と笑っている。梓はふわふわとしていておしゃれさんだ。たぶん、この教室でいちばん輝いている。だから、スカートだっていちばん短い。女の子たちは口々に同意の声を上げて、机をばんばん叩《たた》きながら笑っていた。「オランウータン！　ウケる！　マジありえない！」なんて感じに盛り上がっている。そうそう、こういうとき、運動音痴の暗い子って、ほんとうに迷惑なんだよね。先生は、みんなが協力してできるようにって注意してくるから、とろくてダサい子が交ざると、とろくてダサい曲しか踊れなくなる。ほんと、まじ足引っ張るんじゃねーよって感じで。梓の班、そんな悲惨なことになってたんだ。あたしは自動販売機でジュースを買っていたから、話には途中参加だった。椅子と机を寄せながら、笑いの渦にログイン。「なになに、それって誰の話なの？」

「誰って、福原《ふくはら》さんだよ。福原さん。マジさー、あの子と組むとか、ちょっとしんどいよね」

ああ、福原さん。福原さんね。

それ、知ってる。真由《まゆ》のことね。小学校のとき、友達だった子だ。

あたしは笑う。あはは、それはごしゅうしょうさまーっ。お弁当の箱を開けると、お母さんが愛情をたっぷり込めて作ってくれたランチが、冷えた唐揚げの匂いを立ち上らせる。あたしは、ピーチの香りと唐揚げの匂いが混ざっていくのを感じながら、みんなが福原さんと呼んでいる女の子の席に視線を向けた。もちろん、彼女は教室にいない。うん、良かった良かった。ああいう地味な女の子たちって、そこにいることにすら気づけない。気配を殺すみたいにして、教室の隅っこ、地縛霊みたいにどんよりと過ごしている。楽しい休み時間を、寝たり読書したりして過ごしている子たち。そういう子の存在って、ほんとにまじで気がつかない。あら、そこにいたの、ごめんあそばせって感じ。

真由ってば、昔から体育が苦手な子だったから、きっと梓を苛立《いらだ》たせるには充分なずっぷりを発揮してしまったんだろうなぁ。真由も、梓と一緒の班になるなんて、なんだかお気の毒。あたしは冷たい白米を口に放り込みながら、心の中で祈る。ごしゅーしょうさまぁーっ。

女の子たちは止《とど》まることなく、次々に真由への不満を言い合う。それは体育の授業だけじゃなくて、彼女の普段の様子や身体的な特徴に関してまで行き渡り、笑いの渦が巻き起こる。あたしも笑った。だって、面白かったんだもん。マキちゃんってばひどい。福原さんってば、ぜったい眉毛繋《つな》がってるよねー、だってさ。ひどすぎる。確かにあの子の眉毛って太すぎて、繋がってるように見えるもん。なんだか眉毛の幅だって二倍ある感じ。あ、横幅じゃなくて、縦幅のことね。さすがに横幅が二倍とかねーし。顔飛び出しちゃうし！　あたしがそう言うと、みんなして大爆笑。

「あ、ねーねー、そういえばさ、今朝の国語のとき、すごい発見しちゃってさぁ」

笑いの渦が収まらない間に、トドメを刺そうと思った。これはきっと、会心の一撃になると思う。あたしは机の中から国語の授業で使う便覧を取りだして、ページをぱらぱらと捲《めく》っていく。カラフルな図版や写真が流れ行く中で、目当てのページに素早く指を差し込んだ。みんなは、「なになに」と興味津々に便覧を覗《のぞ》き込んでくる。

「これ！」あたしは、ページに大きく載っている写真を指し示す。眉の垂れたヘンテコな顔の白いお面——。能面だった。「これ、そっくりじゃね？」

「なにこれ、やっぱーい！」

みんなしてきゃーっと声を上げて、爆笑のあまり地団駄を踏みまくる女子が続出する。お前はゴリラか。ドラマーか。そんなにペダルを漕《こ》いでどうするのと突っ込みたくなった。近くの男子がうっせーと声を上げてくる。あたしたちは能面のページを机の真ん中に開いて、ひたすらに笑う。自分でも大発見だと思った。いや、このお面ってよく見かけるけれど、なんで今まで気がつかなかったのってくらい、そっくり。ぴったり。真由に超似てる。

「頬のふっくら具合とか、ほんと、おたふくだよね」

あたしがそう言うと、梓もマキちゃんもマジヤバイ！　と声を上げる。あたしたちは感動するとき、マジヤバイ！　と奇声を発する。可愛いものを見ても、気持ち悪いものを見ても、だいたい同じ声しか上げられない。マジヤバイ！

「おたふくさん！　おたふくさん！」

「エリってば、もうサイコー！　あたし、もう福原さんのこと、おたふくにしか見えない」

「もうさ、今度から、あだ名、おたふくでよくね？　名字、福原だしドンピシャじゃん！」

梓が言うと、女の子たちはうんうんと頷《うなず》く。

あっ、でも、それはちょっと、まずくない？　あだ名にしちゃうと、本人に知られちゃうことだってあるじゃん。けれど、あたしが止める間もなく、女の子たちは梓の意見に賛同し、頷き合う。おたふくさーん！　と最高に盛り上がってしまった。うーん、まぁ、いっか。みんなだって、さすがに本人を前にして、そんなひどいことは言わないっしょ。あたしはほんとうに軽い気持ちだった。その場のみんなは笑ったし、梓だってお腹を抱えて笑っている。場は最高に盛り上がっているから、仕方ない。真由をおたふくさんと呼ぶことに全会一致で決定。強引に輪へ入り込んできた男子たちが、能面のページの便覧を奪い取って、笑いの伝染を起こしていく。

「確かに、おたふくさんじゃね！」

馬鹿な男子筆頭の野田《のだ》が便覧を高々と掲げて笑う。他の男子にも、おたふくさん現象は瞬く間に広まっていった。おたふくさん、おたふくさん。あいつ、スカート長いし、だっせーよなぁ。眉太いし、眼は細くて開いてるのかどうかわかんねーし、なるほど確かにおたふくさんだわーっ。男子たちのテンションの上がり方は、割と容赦《ようしゃ》がない。うーん、バカウケ。教室は奇妙な一体感に包まれている。自分よりランクの低い子のことは、存分にけなしていい。そういう風潮はどこのグループも一緒なのかもしれなかった。けれど、あたしたちが笑っている間に、いつの間にか真由が教室に戻ってきていた。あたしは、あっと思う暇もなかった。声を上げて注意を呼びかけることすらできなかった。真由は教室がいったいなんの話で盛り上がっているのかわからずに、きょとんとした顔をしている。

野田が真由のところまで駆け寄って、彼女の顔の横で便覧のページを広げた。白く不気味な能面の隣に、困惑した真由の顔が並んだ。

「うわ、おまえ、ほんとにこれにそっくりじゃね？」

野田が得意げに笑って言う。

あちゃー。

いきなり、本人の前で言っちゃったよ。

＊

まだ梅雨入り前だったけれど、予報通り、午後になってから雨が降った。

傘はあるけれど、帰る頃には絶対にずぶ濡れになってしまう。ラケットケースを背負って廊下を歩いていたら、虹《にじ》の匂いに鼻をくすぐられた。虹の匂い。この表現、けっこう好き。去年、里穂《りほ》に教えてもらったんだ。大昔の哲学者が言っていたらしい。ほんとうかどうかは知らないけれど、なかなかロマンティックじゃん。

午前中の、草花が香るようなじめじめとした空気は、今はもう雨が運んでくる匂いに変わっている。里穂が言うには、雨の匂いって、植物の油だったり、土の中の細菌が発するものなんだって。慌てて渡り廊下を駆け抜けたせいで、スカートの裾が雨水を浴び、くたびれたようにしおれてしまっている。ざぁざぁと窓を叩く雨は、横殴りの勢い。もうほとんどの子は帰っちゃったのか、人気《ひとけ》のない昇降口に辿り着いたとき、その背中を見つけた。

すぐに真由だってわかった。だって、あんなに長いスカートを穿《は》いてダサい格好をしていれば、いやでも目立ってしまう。あー、どうしよう。あの、おたふくさん感染事件から何日か経っていたけれど、顔を合わせるのはやっぱり気まずい。真由は、あたしが感染源、つまるところ言い出しっぺであることに気がついてないみたいだけれど、やっぱり、さすがに、ねぇ。

放課後の昇降口は、ほとんどの生徒を吐き出し終わったせいで、がらんとしている。真由は硝子《ガラス》扉の前でぼうっと突っ立ったままだった。なにしてるんだろう？　なんで突っ立っているの？　しばらく眺めていると、真由が傘を持っていないことに気がついた。どうしよう。とりあえず、観察続行。

彼女は肩を落としたまま、周囲を窺《うかが》うように見る。それから傘立ての前に立って、小さく溜息をもらした。なんだろう。なにをしているんだろう。真由は傘立てを見つめて、もう一度大きく息をつくと、なにもしないで出口に足を向けた。

ああ、なるほどね。この雨だもんね。他人の傘を持っていくべきか、悩んだんだろう。けれど真由はそうはしなかった。そのまま走って帰るみたい。もう、ばかな子だなぁ。傘立てには、何本もの古くさいビニル傘が突っ込まれている。誰のものかも知れない傘だったけれど、持ち主に見放されているのは明らかじゃん。勝手に使ったところで、責める人間なんていないよ。

あーあ、もう、仕方ない。

真由、と背中に声をかけた。

彼女は振り返って、太い眉の下、おどおどとした眼を向けてくる。少し驚いたみたいだ。

「傘ないの」

聞くと、真由はしばらく考えて、頷いた。

「ちょっと待って」

ほんとうに世話の焼ける子だなぁ。二年生になっても、ぜんぜん変わってない。そういえば、こうして会話をするのって、小学校のとき以来だった。それなのに、ぜんぜん変わってないんだもん。いつまで経っても、彼女はとろくてぐずで世話の焼ける子なんだ。あたしは傘立ての中から、自分のビニル傘を取りだして真由に突き出す。家族の誰がそうしたのかはわからないけれど、目印に輪ゴムが巻き付けてあったから、見つけやすかった。

真由は細い眼をしばたたかせ、口をぽかんとする。

「使いなよ」

もういっかい、傘を突き出して言った。そういえば、似たようなシーンを『となりのトトロ』で観たばかり。真由はなかなか受け取ろうとしなかった。

「あたしは、折りたたみがあるから」

ようやく、真由は傘を受け取った。あたしは肩に掛けていた鞄《かばん》から、折りたたみ傘を取り出す。真由はしばらく、傘の使い方を忘れてしまったみたいに、呆然とそれを抱えていた。あたしが折りたたみ傘を広げて見せると、ようやく、ビニル傘の先端部を出口の方に向ける。

透明な膜が広がって、傘が開いた。彼女の怯《おび》えたような肩までを、すっぽりと覆う。

「ありがとう」

と、真由が言った。雨に流されそうな声だった。

昇降口を出ると、ほんの少し風が強かった。耐えられないほどではないけれど、叩き付ける雨粒に素足をくすぐられる。真由を見ると、彼女の長くてダサいスカートが濡れていた。すぐに重たくなって、脚にまとわりつきそう。

もし、梓たちと一緒に歩いていたら、あたしたちはきゃーっと笑い声を上げて、校門まで意味もなく駆け抜けていたかもしれない。梓はきっと、やっべー、ぱんつめくれるーと言って笑う。それで誰かが、めくれるのはスカートでしょアホかーって大声で突っ込むんだ。雨粒を浴びながら、みんなしてばかをやって笑うのは楽しい。濡れてもいいかって思える。笑うしかないかって思える。

当然だけれど、真由は走らない。大声も上げないし、笑ったりもしない。傘の膜を叩き付けるリズミカルな雨粒に、怯えたように首を竦《すく》ませている。そんなに強い向かい風が吹きつけているわけじゃないのに、苦しそうに前へ前へと、スカートがまとわりつく脚を押し出している。

ときどき彼女を振り返りながら歩いた。真由がなにも言わなかったので、話題を探してしまう。うーん、なにを話したらいいかなぁ。言葉を交わすのがあまりにも久しぶりだったから、昔はどんなふうに会話をしていたのか、すっかり忘れてしまっていた。どんなふうに、遊んでいたんだっけ。

「天気予報、見なかったの」

あたりさわりのないことを聞いた。少し歩く速度を落として、彼女の俯《うつむ》いた表情を覗けるようにする。真由はあたしと眼を合わせなかった。ただ、静かにかぶりを振った。

「それじゃ、どうして」

どうして傘持ってないの。

真由は答えなかった。

「忘れたんだとしても、ビニル傘くらい、使っちゃいなよ。どうせ、誰かが忘れていったやつばかりだし。ていうか、この土砂降りの中、傘なしで帰るなんてばかだよ」

せめて、職員室に行って、先生に借りてくればいいのに。

けれど真由はそういう子だった。先生を訪ねて職員室へ行くくらいなら、雨の中をずぶ濡れになって帰る道を選んでしまう。そういう子なのだ。きっと彼女は、悪い魔女の魔法で言葉を封じられてしまっているんだ。呪《のろ》いのせいで、一日に発声できる言葉に限りがあるんだと思う。

真由はやっぱり、返事をしなかった。

途中で、植え込みに囲まれた狭い路地に入る。道に入ってきた車を避けるために、いったん立ち止まった。そのとき、真由がなにか言った。なに？　はっきり言わないと、聞こえないよ。傘を少し持ち上げて、真由を窺う。

「傘」彼女は俯いたまま言った。「なかった、から」

「なかった？」

「誰かが」真由は俯いたまま、消えそうな声を漏らす。「間違えて、持っていっちゃったみたい」

「ふぅん」

あたしはそう声を漏らして、手にしていた軽い傘を構え直す。

真由の傘を、誰かが間違えて持っていくだなんて、そんなことあるかなぁ？

身体に張り付いた雨粒がじわじわと肌を通り抜けて浸透していくみたいに、不快な感触が心臓の辺りを冷たく撫でていった。なんだか、どきりとした。真由がいつも使っている傘は、水玉模様が派手なピンクの傘で、なんだか幼くて、普通の中学生だったら、それを使うことに恥じらいを覚えてしまうものだったから。

ざぁざぁと降る雨が、勢いを強めたように、あたしたちのスカートを濡らしていった。

あ、里穂にCDを返すのを忘れていた。

＊

更衣室のロッカーの中、荷物を押し込もうと開いた鞄に、借りていたCDのケースが突き刺さるみたいに収まっていた。里穂はもう帰ってしまったかな。天文部って、普段はなにをしてるんだろう。文系の部活のことはよくわからない。ましてや、望遠鏡を覗いて星を見る活動だなんて。昼間にもできることなの？　一応、まだ学校にいるかどうかをメールで聞いてみる。返事を待つ間、制服に袖を通して、ベストを捲《まく》り上げた。スカートを思い切り引き上げ、お腹の部分にまで持ち上げる。ゴムベルトで留めて、腿が見えるくらいに短くした。最近は、もうこれくらい短くしちゃう。制服はブレザーだから、高校生っぽく見えて、セーラー服の中学に通う友達からは、よく羨《うらや》ましがられる。スカートの裾が、ちょろっと覗くくらいベストで覆い隠したら、うん、これでカンペキ。比率もちょうどいい。ブレザーの裾から覗く、ベストとプリーツの面積には、絶対に可愛く見える黄金比があるんだ。

はじめてスカートを短くしたとき、自分が大人になれたような気がした。

一年生の、夏休みが明けてすぐの頃だった。まだスカートを折る子はクラスでは少数派だったけれど、部活で触れ合う上級生たちや、街を歩く高校生たちがひらりとさせるプリーツの可愛らしさを、早く自分のものにしたかった。やっぱり、校則で定められているスカート丈は、どこからどう見ても変だと思う。スカートを折り返し、ほんの少し膝を見せるだけで、校則や勉強でがんじがらめになっている制服姿が身軽なものになっていく。田舎っぽく見えていた制服が、アイドルや漫画のキャラクターみたいに可愛く見えてくる。それに対して、スカートが脛《すね》を覆うくらいまで丈を伸ばしている子を見ると、やっぱりダサくて、真面目ちゃんに見える。優等生っぽい印象は、お母さんたちにはウケがいいのかもしれないけれど、あたしたちにとってはマイナスイメージ。自分をそんなふうに見られたら、クラスでのランクが落ちてしまう。

クラスのランクって大事だ。あたしたちは似たもの同士で集まって、同じ性質を持っているから仲良くなれる。ランクの違う子とは仲良くなれないし、無理して一緒になる必要もない。優れた種は優れた種同士で結びつく。わざわざ能力的に劣っている種を選ぶことも、交ざる必要もない。スカートを短くできる子は、やっぱり同じようにスカートを短くできる子たちと遊んでいればいい。いつまでもスカートの長いような——教室の隅で生きているような女の子たちとは、あたしたちは会話も趣味も合わない。だって、なにを話したらいいのかわからないんだもん。容姿も趣味も性格も、劣っている人間とは遊ばない。だから、たとえ小学生のころ、あたしと真由が友達だったのだとしても、既にランクが違ってしまっている現在において、一緒に過ごす理由なんてないんだと思う。人間は、どうせ違う種類の人間とは仲良くなれない。だから戦争が起こる。争いは絶えない。それで、優れた種だけが生き残っていく。

着替えを終えてラケットケースを背負ったころ、里穂からメールが返ってきた。まだいるよう、生物室。そう書かれた文章を、星や音符がきらめくように彩っている。えっと、生物室って、どこ？　理科の授業で使ったのはだいぶ前だった気がする。どこ、と聞くと、すぐに四階の端っことメールが返ってきた。いちばん上の階だなんて、不便なところにあるなぁ。

更衣室を出て、連絡通路から校舎に戻る。普段は汚れが滲《にじ》んだクリーム色の壁を、沈んでいく太陽の光が茜《あかね》色に塗りつぶしていた。もうだいぶ遅い時間なのに、まだまだ明るい。どうして季節が変わると、日が長くなるんだろう。地球の仕組みって不思議だ。天文部なら、そういうのもわかるのかなぁ。里穂なら知ってそう。もう人気《ひとけ》のない廊下を抜けて、階段を二段飛ばしで上がる。ああ、そうそう、生物室、思い出した。四階の廊下を突っ切って、念のために戸をノックする。はーいと声がして、里穂が出てきた。

「エリ、おつかれー」

「おつかれさま」鞄を開いて、CDを里穂に渡す。「これ、ありがと。やっぱ里穂の言う通りだ。マジ良かった」

「ほんと？　良かったのなら、買うといいよ。アーティストに貢献するといい」

そう言われると、少ないお小遣いでやりくりしている人間としては、べつに買うほどでもないかなって思っちゃう。里穂は義理堅く、CDもDVDもレンタルしないでお店で買うような子だ。それはそれで正しいのだろうけれど、中学生が誰しも真似《まね》できることではない。お金と家庭に恵まれた環境でなければ、難しい生き方なんじゃないの。それにあたしは、今はラケットバッグが欲しいんだ。鞄とラケットケース、それぞれ担いで歩くのはちょっと面倒くさい。

笑って誤魔化《ごまか》すと、里穂はあたしのスカートをちらりと見て言った。

「あ、もう短くしてる。先生に見付かるよ」

「大丈夫だって、これくらい」

あたしたちは、学校にいる間、朝から夕方までスカートを短くしているわけではない。厳しい先生に見付かれば直すように言われることもしょっちゅうある。だから昼間は、裾が膝に掠《かす》るぎりぎりのところにしている子も多い。

「それより、後ろ大丈夫？」

くるんと翻《ひるがえ》って、里穂に後ろをチェックしてもらう。一人でスカートを上げると、ときどき、前と後ろの長さが揃《そろ》わずに、不格好になってしまうことがある。ベルトではなく折って短くするときは余計に注意しないといけない。前は短いのに、後ろだけ長くなってるなんて、ダサすぎる。でも、今日はベルトだからきっと大丈夫。

「オーケイ、ばっちりだよ、お嬢さん」

里穂はおどけたように言って笑った。

生物室で里穂と別れて、誰もいない廊下をぼんやりと歩いた。そういえば、天文部がなにをしているのか、覗かせてもらうのを忘れちゃったなぁ。まぁ、大して興味があるわけじゃないから、いいかな。だって里穂には悪いけれど、天文部って、暗くてダサいイメージがある。ちょっと根暗な子が多そう。あたしとは、種類が違う感じ。ランクが違う感じ。スカートの長さが、違う感じ。

でも、里穂のスカートの長さって、どうだったろう。彼女とは小学校からの付き合いだったけれど、二年生になってクラスが変わってから、会う機会がぐんと減ってしまったように感じる。長かったっけ？　短かったっけ？　どうだったろう……。

ふと、誰かの声に耳をくすぐられた。

誰もいないはずの廊下で、なにかが聞こえてくる。

なんだろう。立ち止まって、肩からずれたラケットのケースをかつぎ直す。

歌だ、と思った。柔らかな、遠く延びていくような、耳に心地よい歌声が聞こえる。幾人かの声が響き合うように絡まって、誰もいない廊下の空気を震わせている。どうして、こんなところで、歌？　どこから聞こえてくるんだろ？　一つ先の教室の扉が、半開きになっている。その扉に近付いて、そうして隙間から室内を窺い見たとき、ようやく、そういえば合唱部っていうのがあったなぁ、なんて思い出した。

まぶしい、と感じた。

窓からめいっぱいの夕陽が差し込んでいて、そこは黄金色のきらめきに満ちあふれている。

三人の女の子が、茜色の光を受けて、歌っていた。窓は開け放たれていて、風に揺らめくカーテンは光をたくさん吸い込み、歌声に合わせながら静かになびいているようだった。

たった三人の合唱。

パートごとの練習？

逆光が生み出す影は、ヴェールのように彼女たちの表情を隠している。なんだか、まるで天使みたい。風に揺れている真っ白なカーテンが、翼かなにかに見えた。そこだけ、違う世界を切り取ってきた感じがして、光に満ちた部屋を美しい声が満たしていく。懐かしくて不思議な歌声だと思った。優しさに溢《あふ》れるような。切なさに苦しくなるような。聴いたことのある曲。あの素晴しい愛をもう一度。そう切なく、愛《いと》しげに歌う曲だった。

三人の天使がそれを歌っている。

歌っている女の子の一人と、眼が合った。

歌っているのは、真由だった。

心臓が、怯えたように鳴る。戸口から顔を引っ込めて、あたしはわけもわからず廊下を走り、階段を駆け抜ける。どうしてだろう。逃げる必要なんてどこにもないはずだった。それなのに、肩に掛けたラケットのケースが、何度もずり落ちそうになる。なんだろう。どうしたんだろう。掌《てのひら》で触れると、心臓の辺りがどくどくと揺らいでいる。

真由を。真由のことを。美しい、だなんて。

そんなはずない。そんなはずはない。あんなのは錯覚だ。だって、真由はとろくてぐずでダサくて。スカートが長くて根暗で。あたしたちより、ずっとランクが低くて。あたしたちの方が上。あたしたちの方が、ずっとずっと上なんだから。

校舎を駆け抜ける間、あの歌声が耳から離れずに流れていた。美しいと感じた小さな黄金色の世界と、三人の天使の姿が脳裏に深く焼き付いている。

彼女たちのスカートの長さは、どうだったろう。

階段を駆け降りながら、あたしはそんなことを考えていた。

＊

真由を嗤《わら》う声は大きく広まり、そしてそれは具体的なかたちへと変化していった。

あたしが放った何気ない一言は、グループの境目を越えて、どんどん飛び火していった。男子たちに聞かれたのは致命的だったかもしれない。おたふく菌、というのが流行《はや》ってしまって、真由が手にしたものに触れると、おたふくが移ってしまうだなんて、小学生みたいな遊びを始める男子が増えていた。さすがにそれは、ちょっとやりすぎかなって思う。女子たちは、面と向かって真由と話すとき、福原さんと呼びかけていた。けれど陰口をささやくときは、決まっておたふくさんだ。おかめさん、と呼んでいる子もいる。おたふく、おかめ。おたふくさん。

真由がいじられキャラとして確立するなら、それはそれでいいことなんじゃないのって思っていた。みんなは楽しそうだし、どこの教室にだって、いじられキャラっているじゃん。みんなから構ってもらえるぶんだけ、しあわせなんじゃないのって感じていたけれど、もしかして、と思う。この前の雨の日、なくなった真由の傘。あれって、誰かが間違えて持っていったんじゃなくて、誰かが隠したりしたんじゃないの。それって、ちょっとどうなの。いじめになるんじゃないの。あたしは、ただ面白い発見を教えただけ。陰口は悪かったかもしれないけれど、本人のいないところで終わる話だと思っていた。真由を傷付けることはないだろうって。

それでも、あたしはみんなと一緒にお腹をよじって笑うことしかできない。吐き気を催すようなお弁当の匂いに包まれながら、みんなと仲良く机を囲んで、楽しいランチタイムを過ごす。だって、あたしは真由の味方じゃないんだもの。真由とは違う種類の人間。あたしは、こっち側の人間だから。笑みを浮かべながら、マキちゃんが言う。おたふくのスカートって、なんであんなに長いんだろーっ。その疑問に梓が返す。えーっ、そりゃ、脚が短いからに決まってるでしょーっ。みんなして、大笑い。

「まじで！　やばーい！」あたしは驚いたように笑う。笑顔を取り繕って、みんなの仲間だってことを証明しなきゃいけない。「でも、やばっ、よく見たらそうかもーっ」

そうすると、加奈子《かなこ》がとっておきのネタを披露するように言った。

「それなんだけどさ、見ちゃったんですわ。おたふくさんの生着替えシーン」

えーっ、なになにーっと、隣のグループの子たちまで話に加わって、教室の空気が賑やかになる。加奈子ってば、得意げにこう続けた。

「ジャージ穿くとき、脚を上げたのがちらっと見えたのよ。そうしたら、こう、すね毛さんが、ぶわーっと」

女の子たちが揃って悲鳴と笑い声を上げる。ゴリラみたいに机を叩いて笑い転げた。

うっそ、それマジー？　ありえなくなーい？

ありえなくなーい？

加奈子は自分の両目を押さえてのたうち回る。

「ああ、眼がーっ、眼がーっ！　眼が腐るぅーっ！」

あたしたちは笑う。楽しそうに笑う。梓も加奈子も、マキちゃんも、みんなして楽しそう。だから、あたしも楽しいふりをする。面白くて、お腹がよじれそうって顔をして、手を叩く。だって、どうして言えるだろう。やめよう、って。あの子の悪口はやめようよって。そんなこと、言えるわけがない。だってきっかけを作ったのは、あたしなんだもの。あたしが自ら進んで、真由のことをおたふくって言って嗤ったんだ。いまさら偉そうに、それこそ優等生みたいな顔をして、悪口はやめようだなんて言えるはずがなかった。そんなことをしたら、あたしは友達を裏切っても平気な顔ができる人間なんだってこと、みんなに知られてしまう。きっと順位は落ちるだろう。スカートの短さ。プリーツの綺麗な折り目。その襞《ひだ》が濡れそぼち、皺《しわ》を帯びて朽ちていく。

なんて醜《みにく》い生き物だろう。

不意に、教室の騒々しさが静まっていることに気がついた。お弁当を囲んでいる女子たちは奇妙な笑みを浮かべたまま、なにかをじっと見つめている。あたしは箸《はし》を動かすのをようやく再開しながら、なにが起こっているのかを理解しようとした。弱々しく動く箸の先は、香ばしく焦げ目のついたウィンナーを摑《つか》めずに、何度も滑ってかちかちと鳴った。あたしの視線は弁当箱から上がって、みんなの見ている方向を追いかける。

教室の、戸口だった。

真由だ。

真由が戸口から教室に足を踏み入れて、立っている。

そこに、立ち尽くしていた。

あたしは胸の内側が冷えていくのを感じた。見られた。聞かれた。どうだろう。わからない。いつから、そこにいたの。あたしたちの会話は、どれくらい聞かれてしまったのだろう。あたしが嗤っているところも、見られてしまったかもしれない。どうなのだろう。わからない。慌てて梓たちに視線を向ける。みんなは笑みを浮かべていた。奇妙に張りついた、それこそ能面のような笑顔だと思った。悪びれるどころか、滑稽《こっけい》なものを見るような視線で、真由のことを見つめている。

「おたふく」

誰かが、そう呟いた。

ぷっと吹き出して、ささやくような笑い声がする。

「おたふくさん」

また、誰かが言った。堪《こら》えきれずに、自然と流れるみたいにして。

おたふくさん。ほんと、ほんとだ。おたふくさんだ。来ちゃった。戻ってきちゃった。

教室が、くすくすと笑う。

おたふくさん。聞かれちゃった。おたふくさん。ほんと、そっくり。

教室が、平然とした顔で言っている。

おたふくさん。おたふくさん。

おかめ。おたふく。おかめ。

真由は、教室を飛び出していった。

女の子たちが、いっせいに笑い出す。どっとした笑いの渦だった。

「うっわー、聞かれちゃったぁ」

どうしよーう、と可愛い声を出して梓が笑う。まぁ、いいんじゃないのー。誰かが言った。だって、ほんとうのことだもん。ほんとうのことだから、仕方ないよぅ。ほんとうに、おたふくさん、おたふくにそっくりなんだもーん。

ほんとうのこと。ほんとうのことだから、仕方がない。

あたしは笑って、ほんと、そうだよね、仕方ないよねーって声を出す。頬が引き攣《つ》り、歯が震えるような気がした。お母さんが作ってくれたお弁当箱に蓋《ふた》をして、立ち上がる。膝にうまく力が入らなくて、少しだけよろめいた。

エリ、どうしたの。そう聞かれた。

「ちょっと、お手洗い」

あたしは廊下に出て、息苦しさを感じる胸に手を置く。気持ち悪かった。お母さんが作ってくれたもの、すべてを吐き出してしまいそうだった。廊下を男子たちが駆け抜けていき、はしゃいでいる。あたしはベストを捲り上げて、スカートを締めつけるベルトの帯に手を差し込んだ。苦しい。トイレまで、我慢できそうになかった。

廊下で、誰かが屈《かが》み込んでいる。

なにかを拾い集めていた。

里穂だ。

顔を上げる彼女と眼が合う。里穂は怪訝《けげん》そうな顔をして、あたしのところに近付いてくる。彼女は数枚のプリントを手にしていた。

「ねぇ」と、里穂は言った。「真由、どうしたの。なにかあった？」

そんなこと。どうしてあたしに聞くの。

ああ、そうだ。あたしたちは同じ小学校だったから、里穂はきっと、あたしがまだ真由と仲がいいって思い込んでいるんだ。さっきまで、あの教室の中で、あたしが真由のことを嗤って蔑《さげす》んでいたって、想像もしていないんだ。そう。普通はそうだよね。友達のこと。友達だった子のこと、そんなふうに、嗤えるはず、ない。

あたしは、普通じゃ、ない。

「なにかって」あたしは笑う。なにもないよーぅ、と可愛らしく声を作ろうとして、失敗した。「なんにも、ないよう」

「これ」里穂は怪訝そうに首を傾《かし》げている。「真由が持ってたの。さっきぶつかってばらまいた。あの子、どこか行っちゃったけれど」

あたしは里穂が示すそのプリント用紙を手に取る。合唱部コンサートのおしらせ、と書かれていた。開催は来週の日曜日だった。

「真由、どっち行ったの」

「わからない。たぶん、あっち。階段降りてった」

里穂が指し示す方へ歩く。

あたしは関係ないよ。

自分にそう言い聞かせながら、けれども階段を降りた。

*

「綺麗だね」

道端で急に真由がしゃがみ込んでしまったので、その赤いランドセルの向こうに視線を向けた。淡い桃色をした薄い花びらの花がいくつも咲いていた。なんていうのか、柔らかくて優しい色をしている花だなぁと思った。道端にこんな綺麗な花が咲くものなんだと感心した気がする。まだ小学生の頃だった。たんぽぽのようにレモン色をしためしべの部分が瑞々《みずみず》しい。学校で薄い紙を使って作る造花みたいに、薄っぺらい花びらだった。それでも。

「うん、綺麗」

真由はそうとだけ言って頷く。

あとで調べたら、その花はヒナゲシという名前なのだと知った。

真由を追いかけて校舎の裏側を歩いていたら、花壇の中に似ている花を見つけて、そんなことを思い出した。昇降口まで降りて下駄箱を覗くと靴がなかったので、当てもなく校舎裏へ足を向けた。真由のことはなにもわからなかったけれど、こういうとき、あたしだったらきっと寂しい景色を求めるだろうなって。誰もいない場所。誰にも見つからない場所。誰の視線も気にしなくていいところへ、行きたくなるだろうって。

やっぱり、真由はいた。

普段は使われていない校舎裏にあるステップに腰掛けて、遠くテニスコートがある方に眼を向けていた。あたしは、なんて言ったらいいのかわからなくなって、くちびると喉が渇いて水分を欲するようになるまで、口を開けたまま突っ立っていた。

「真由」

なんの台詞《せりふ》も思い付かないまま、呼びかけた。

真由は肩を竦めるようにしながら、こっちを向く。泣いていたらどうしようと思った。少なくとも、いまは涙を流していなかった。真由はあたしの姿を見つけてくちびるを開いた。なにかを言ったようだった。けれども聞き取れない。真由の言葉はいつもそうだ。それは変わりない。あたしは開いていたくちびるを噛みしめて、彼女のもとへ近付く。なにか言おうと思った。

それでも、なにも言えなかった。

真由は俯いていたけれど、やがて顔を上げた。あたしの手が力なくぶら下げているプリントを見て、不思議そうにくちびるを動かす。

「これ？」と、あたしは聞く。真由がゆっくり頷くのを見て言った。「里穂が拾っててくれたよ。あとで取りに行ってあげて」

それから、プリントに眼を落として、聞いた。

「これ、真由も出るの？」

泣いているのか笑っているのか、よくわからない表情だった。曖昧《あいまい》ではっきりとしない笑顔。もっと、しっかりして。しっかりしてよ。笑うなら、笑って。泣くなら、泣いて。怒るなら、しっかり怒ってよ。泣いて、喚《わめ》いて、怒って、あたしを恨んでいいんだよ。

「傘」

真由は俯いて呟く。

「うん？」

あたしは彼女の傍らに突っ立ったまま、聞き返した。

「返せなくて、ごめんなさい」

「どうして、真由が謝るの」

「だって」真由は長いスカートに覆われた膝を抱き寄せる。そこに顔を埋《うず》めるようにしながら言った。「教室で、返すと、きっと迷惑だから」

なにも言えなかった。なんて言えばいいんだろう。真由の言葉はほんとうだった。あたしが真由と親しくしていたら、それが周囲にばれたとき、きっとあたしも真由と同じ扱いを受けるだろう。あたしのスカートは短いけれど、扱いの上では真由のスカートと同じ長さになってしまうんだ。そしてそれを、あたしは望んでいない。望んでいないんだ。

だって、あたしたちは違う。違う種類の人間なんだ。あたしはそこには行きたくない。みじめな思いをしたくない。可愛く輝いていたい。どこまでも浅はかで自分勝手な人間だった。

大丈夫だよ、とも言えない。あとで返して、なんてことも言えない。続ける言葉なんてやっぱり思い付かなくて、彼女を追いかけてきたことを後悔した。

「エリちゃん」

そう呼ばれた。

そんなふうに呼ばれたのは、久しぶりだった。

「もし、良かったら」

真由が言った。

あたしは言葉の続きを待ったけれど、真由はすぐに俯いて、言葉を途切れさせてしまった。最後に、彼女の視線があたしの手にあるプリントへ向いたことに気がつく。手にしているプリント。そこに記された場所と時間を確かめる。来週の日曜日。けれど、でも――。

プリントを四つ折りに畳んで、スカートの襞の間、ポケットの中にねじ込んだ。きっともうすぐ、予鈴が鳴ってしまう。

*

真由を残して教室に戻り、何食わぬ顔をしてお弁当を片付ける。トイレへ行って鏡で確認しながら、ずれたスカートの位置を調整した。次の授業のために教科書を並べて、ノートを開く。挟まっていたプリント用紙をいくつか確認して、前回の授業を思い出した。女の子たちのくすくすとした笑い声が聞こえる。梓たちがささやいている。おたふくさん、戻ってこないじゃん、やっべー。そう誰かが言った。ショック受けて早退しちゃったかも？　やーん、大丈夫だよ。おたふくちゃんってば、勉強しか取り柄のない優等生だもの、ちゃんと出てくるってばぁ。くすくす、けらけら。

あたしはペンケースの中からシャーペンを取りだして、何度かノックを繰り返す。どうしてだろう。なんでだろう。わからない。あたしにはわからない。だって、真由は校則を守っているだけだ。どうして、それだけで優等生ぶっているなんて思われてしまうんだろう。正しいことを正しくしているだけなのに。どうして。どうしてなの。

どうして、あたしたちは、スカートの丈が違うだけで、こんなにも違うのだろう。こんなにも、違う生き方をしているのだろう。それとも違うように見えるのはスカートの丈だけで、ほんとうは同じところがあるのかもしれない。優れた種と、劣っている種。輝いている人間と、教室の隅にいる人間。ランクの高い子と、そうではない子。美しい人間と、そうではない人間。

ねぇねぇ、エリ。と前の席の梓が振り返って声を掛けてくる。艶々《つやつや》の髪と、よく手入れのされた眉。リップで輝くくちびるに、可愛らしい大きな瞳。もしかしたら、逆なのかもしれない。もしかしたら、あたしは勘違いしているのかもしれない。

だって、どう考えたって、醜い生き物は、あたしたちの方だ。

「さっきね、みんなと話してたんだけど、来週の日曜に遊びに行こうってなって。エリも来るよね？」

彼女は甘えるように微笑んで小首を傾げる。けれどらんらんと輝いているその瞳は、口答えを決して赦《ゆる》さないというような、支配者の眼をしていた。

「来週の、日曜は」

あたしは声を漏らす。来週の日曜日。時間と、場所、確かめた。机の下、スカートの襞に手を添える。そう。だって、約束をしたわけじゃない。行くと告げたわけじゃない。だから、裏切ったことにはならない。だいたい、行ったところで、どうなるっていうの。真由になんて言えばいいの。どんな顔をすればいいの。あたしが、ぜんぶ悪いんですごめんなさいって、そう頭を下げることができるの？　そうすれば問題は解決するの？

あたしたちは、どうしてこんなに違ってしまったのだろう。放課後に聴いた真由の歌声が耳を流れていく。あの時、同じ花を見て。美しいと言った二人の、心と心が、今はもう、通わない。

「あたしは――」

あたしは顔を上げて答える。

指先がスカートの襞を撫でて、ポケットにある感触をそっと掠めていった。

放課後の
ピント合わせ

腕を掲げる。

手にしたスマートフォンの前面レンズは、針の穴みたいに小さい。

そこを睨《にら》みながら、液晶画面に映る自分の身体を確認した。

もう少し、と思って画面を傾ける。レンズがこっち側にも付いているって便利。鏡の代わりになるかもしれない。けれど、鏡ほどのきらめきはないなぁって思う。映し出される画面の中は、なんだか画質が粗くて暗く感じた。最新機種で、最高画質を謳《うた》っている宣伝を見かけるけれど、なんでなんだろう。ポーズをとって、ボタンを押す。パシャリ。

あっれぇ、またピンボケ。身体の線がぼやけている。それに、やっぱりなんだか全体的に暗い。どうにもこのスマートフォンのカメラって、人間の顔を認識してピントを合わせているみたいだから、顔を外して写真を撮ると、ときどきへんなところにピントが合ってしまう。違うところに光が当たっている、という感じ。もちろん、あたしは自分の身体を撮るのが目的であって、顔を撮ったりすることなんてない。だって、こんな顔、アップロードしたところで、誰も喜んでくれないもの。

けれど、身体には自信があるんだ。そこそこ、ほんのちょっぴりね。中学生にしては、発育がいいねってコメントされる。おっぱいも、寄せてあげるブラをしているから、写真で見た感じだと、なかなかだと思う。下着の広告に出られるんじゃねって、自分でも思っちゃうもん。

画面に映し出されるのは、ほとんど裸同然のあられもない格好。薄いブルーの下着に、同色のキャミを重ねているだけ。剝《む》き出しの肩は少し骨張っていて、もうちょっと肉が付いた方がセクシーかなって思う。でも、鎖骨のあたりは、よく褒めてもらえる。あとは、まぁ、太腿《ふともも》かな？　太腿は、みんな好きだよね。スレッドにアップロードすると、太腿だけでみんな盛り上がっちゃう。制服のプリーツを短く穿《は》いて、そこから伸びた太腿の写真を撮るだけで、ネットの皆さんは大興奮だ。ほんとうに、男ってたやすいなぁ。ばかだなぁ。けれど、やっぱり、自分を褒めてもらえるのって、悪い気はしないんだ。

何度かシャッターを鳴らして、出来を確かめる。うーん、やっぱり、光が足りないなぁ。外はもう暗いし、カーテンを開けたところで部屋の明るさが変わるわけじゃない。肌の白さには自信があるんだけど、どうすれば、それを伝えられるかなぁって考えちゃう。テレビCMや雑誌に登場するアイドルたちみたいに、羨《うらや》ましいくらい瑞々《みずみず》しくって、見とれてしまいそうな肌の感じ、どうすれば写真に収められるんだろう。画面の中の、暗くて粗っぽい画像を見つめる。何度も構図を変えたけれど、自分のイメージした通りには撮れていない。なんだか暗くてざらざらしている。狭い部屋の蛍光灯じゃ、こんなものなのかもしれないなぁ。外で撮るのは、もちろん論外だ。こんな格好で写真を撮るなんて、自室じゃないとできっこないもの。

念のため部屋着に着替えてから、カーテンを開けて、ほんの少しだけ窓を開く。夜は暗い。すぐ側《そば》にある街灯の光が目立つだけで、特に景色らしい景色は望めない退屈な窓辺だった。まだ、夏の名残《なごり》が混じる風が部屋に流れ込んでくる。暑くも、寒くもない。ただ、外の空気は心地よかった。ベッドの上に身体を転がして、スマートフォンを操作する。インターネットのコミュニティにアクセスした。

いつものように、スレッドを立てて写真をアップロード。最初は制服姿のもので、ごく普通の際どくないもの。そこから、徐々に太腿だったり、ブラウスの胸元をはだけた写真だったり、少しずつ、焦《じ》らすように公開していく。数分もしないうちに、一気にたくさんのコメントが付いて大盛り上がり。ばかな男の人たち。女神様降臨！　とはしゃぐように文字が躍って、いいねいいね！　可愛い！　エロい！　待ってました！　といっぱいの反応が返ってくる。幾つもの、何十何百ものコメントが滝のように洪水のように流れて画面を覆っていく。何百もの視線を感じるような気がした。インターネットに潜んでいる、この世界のどこかにいる人たちの視線だと思った。それが、あたしの身体を写した写真を、今か今かと待ち望んで、もっと際どいものを、もっとエッチなものを、もっと興奮できるものを、と声を上げる。あたしは、だーめ、と優しく書き込んで、彼らを焦らす。残念がるコメントの数々。伸びていく数字。仕方ないなぁ、と書き込んで、スカートをそっと捲《まく》り上げた、お尻のラインがぎりぎり写り込んだ写真をアップロード。嵐のように巻き起こる反応。たくさんの注目。たくさんのスポットライト。歓声。拍手。女神様。

この世界でなら、女神になれる。

「しおりー!」

ふと、階下から声が上がった。お母さんの声は、潜り込んでいた意識を、乱雑に退屈な現実へ引っ張り上げていく。お腹の底を震わせるような、不気味で不快な声だ。あたしは身体をびくりと震わせて、ベッドから跳ね起きる。夕飯よ、降りてきなさい、と声が続いた。

「はーい」

あたしはうんざりした気持ちで声を上げて、スマートフォンが映し出す、あたしのことを迎え入れてくれる文字たちをそっと閉ざした。

＊

ピントが合っていない。周囲の景色がぼやけて、暗く滲《にじ》んでいる。

お昼休みは、あまり他人と会話をする機会が、ない。

「堀内《ほりうち》さん、暇だよね？　悪いんだけれど、これ柳《やなぎ》先生のところ持って行ってくれない？」

机に近付いてきて、ヨーコがそう言ったので、ほとんど条件反射的に頷《うなず》いた。頷いてから、どうして、あたしが、と眼で聞いた。

「あの先生、苦手なんだよねぇ」

要するに、体《てい》のいいパシリだ。けれど断る理由は特に思いつかない。ヨーコの言う通り、あたしは暇を持て余していたから。きっと教室の賑《にぎ》やかさから、ぽつりと浮き出て見えたんだと思う。それに、ヨーコは友達だ。友達？　まぁ、たぶん、友達。少なくとも、ナオの友達だから、友達の友達、と言えるかもしれない。

「ありがとう。助かるなぁ。それじゃ、お願いね」

あたしが、なにか言葉を返すまでの時間が、もったいなかったんだろう。

顔を上げたときには、もう、ヨーコはお喋《しゃべ》りのグループへ戻っていくところだった。そのグループから大きくはしゃぐ声音が響いてくる。ヨーコだけではなくて、吉沢《よしざわ》さんや大西《おおにし》さんたちの、くすくすと耳をくすぐる笑い声が届いた。

その輪の中心に、ナオがいる。彼女の姿を見ると、急《せ》かされたような気持ちになって、歩む足が速まった。さっさと職員室へ行って、ヨーコのお願いを叶《かな》えてあげよう。そのあとは？　そのあとは、どうしようかな。教室を入口まで歩きながら考える。そのあとは、やっぱり、特にやることなんてない。少しだけ、ナオたちを振り返った。べつになにかを期待していたわけじゃないけれど。ナオは嬉《うれ》しそうに笑みを浮かべてヨーコたちとお喋りを続けている。窓際のその席は華やかで、陽が当たっていて、そう、まるで、そこにだけピントが合っているみたい。

比べて、あたしの方はどうだろう。光なんて、当たらない。きっと周囲はぼやけていて、新聞紙に落ちた雨の雫《しずく》みたく、あたしを醜《みにく》く滲ませている。とっても地味で、目立たない子。だって、べつにスカートだって短くしてるわけじゃないし、部活に熱心に取り組んでいるわけでもない。可愛いわけじゃないから、彼氏だっていない。浮ついた話題とは無関係で、バレンタインとか、クリスマスとか、は、なにそれって感じだもん。

それはナオだって同じなんだと、そう思っていたのに。

「ねぇ、先輩の誕生日プレゼントって、なにがいいのかなぁ」

次元の違いすぎる相談だ。先週のこと。ナオは機嫌の良さそうなにこにことした表情で、あたしの前の席に座って、そう切り出した。どうしてあたしにそんなことを聞くんだろうと腹立たしくもあったし、そういった重要な相談は、やっぱりあたしにしかできないんだよねって、驕《おご》った気持ちをくすぐられるのも事実なんだけれど。そういう曖昧《あいまい》な心境で、あたしは、うーん、どうだろう、男の子ってなにが好きなんだろうねぇと首を傾《かし》げた。

春になってから、ナオに三年生の彼氏ができた。ナオとあたしは小学校の頃からの付き合い。ほとんどの学年が同じクラスだったので、毎日のように一緒に過ごしていた。彼女は小動物のような子で、ウサギやリスによく似ている。美しいというよりも、可愛らしい生き物なのだと思う。それを見た人間が、護《まも》ってあげたくなるような。誰かに敵対されることがないように遺伝子に刻まれているみたく、自然と嫌みのないよう、誰からも愛される才能に恵まれている。だから、あたしは彼女を護ってあげたくなったし、彼女を護ってあげられるのは、あたしだけなんだと感じていた。ナオは、あたしと同じ中学がいいと泣いた。あたしと離れたくないからと泣きじゃくり、両親を困らせて、わざわざ自宅から遠い北中《きたちゅう》に通うことになったくらい。関野《せきの》先輩と付き合うことになったと聞かされたときに、あたしはぼんやりとした頭で、「恋が実って良かったね」と笑った。ナオは頷いて、「この学校にして良かった。そうじゃなかったら、先輩と出会えなかったもの」と満ち足りた表情で言う。その言葉は吹雪のようで、どうしてか、あたしの笑顔を凍らせる。だって、とナオに言いたかった。あなたがこの中学を選んだのは、あたしと一緒にいたかったからでしょう。そうなんじゃないの。まるで、そんなことを忘れてしまったみたいにナオは明るく輝いて、どんどん女の子らしく可愛くなっていく。

誰からも愛される彼女は教室ではすぐに人気者になって、友達を増やしていった。それはヨーコたちのような、あたしとは周波数の違う生き方をしている日向《ひなた》の女の子たちだ。光が当たり、フォーカスの中心点にいるような少女たち――。ナオはそこに仲間入りを果たした。あたしのことを、置いていって。

ぼやけている。

様々なことを考えていたせいだろうか、ぼんやりとしたまま職員室へ行って、柳先生にプリントを渡したら、「堀内。どうしたんだ。ぼーっとして」と、笑われてしまった。あたしは乾いた笑いを浮かべて、「いえ、べつに」と曖昧に答える。ほんとうに、いつの間にか職員室に入って、いつの間にか先生にプリントを渡していた。そんなふうだから、笑われるのも無理はないかもしれない。

柳先生は、あたしの担任で数学を教えているけれど、あまり話をしたことってない。彼は眼鏡を掛け直して、プリントの束をぱらぱらと捲《めく》っているところだった。年齢は、三十代くらい。男の人の年齢って、なんだかよくわからないから、間違ってるかもしれない。顎《あご》には似合わない無精髭《ぶしょうひげ》があって、それがなんだか不衛生だなぁと感じてしまう。もっと清潔にしていたら、人気が出そうなのに。あたしは、それじゃ失礼します、とお辞儀しようとして、先生の机の上にあるものに気がついた。

黒くて大きなカメラが、机の隅に置かれていた。

置かれている、というよりも、飾られている、という感じがした。確か、一眼レフっていうやつ。高そうだなぁ、と、ついじろじろと眺めちゃう。けれど、ああいうので撮ったら、光をたくさん吸い込んで、綺麗な写真が撮れるのかなぁ……。

「どうした？」

先生が顔を上げて聞く。

あまり、職員室へ来たことってない。思ったより生徒の姿があって、先生たちが行ったり来たりを繰り返している。

「なんだか、忙しそうですね」

「ああ」先生はプリントを揃《そろ》えながら言う。「三年生は、受験だからね。早い子は志望校を決めて、対策を練る時期なんだ」

職員室の掲示物には、受験という文字が幾つも躍っている。あたしは、失礼しました、と声を上げてそこを出た。あたしたちだって、あと一年で受験生になるんだ。それまでに自分の価値を決めなくてはならない。自分がどういう人間で、どういうふうになりたいのか、決めないといけない。

あたしはなにになりたいんだろう、と廊下を戻りながら考えた。あたしの価値はなんだろう。どういうところに、あたしなんかの意義があるんだろう。

きっと、価値なんてないんだろうなぁ。あたしみたいな人間って、きっと漫画やドラマの登場人物だったら、名前もないような、すんごい脇役《わきやく》なんだ。だから光が当たらなくて、あたしを見てくれる人なんてどこにもいない。

あたしだって、と考える。あたしだって。本当なら、胸を張って生きていたい。光を浴びることのできる資格が欲しかった。けれど勉強は今ひとつだし、運動も面倒くさい。可愛くもないし、お喋りは得意じゃないし、できることなんてなんにもない、駄目な人間だから——。

あたしの居場所は、だから、あそこにしかないんだ。

*

疲れちゃった。

勉強も家事の手伝いも、もうなんにもしたくない。制服を着たまま、ばたーんとベッドに倒れ込んだ。スマートフォンを起動して、コミュニティにログイン。掲げたディスプレイの向こうで、古めかしい蛍光灯の光がぼんやりと光っている。

早速スレッドを立てて、ただいま！　とメッセージを書き込んだ。さっき撮ったばかりの制服姿の写真をアップロード。とりたててエッチな写真ではなかったけれど、スカートを短く折って、艶《つや》っぽく脚を組んだポーズ。やっぱり光の足りない写真だと思ったけれど、たちまち、たくさんのコメントがついていっぱいになる。コミュニティ閲覧のための専用アプリは、コメントが届く度にその累計数を表示してくれる。その数字が増えていくのを見るのは好き。十、二十、三十、と徐々に勢いがついて、眼に見えるかたちで、あたしの価値を教えてくれる数字だから。ここには、あたしのことを見てくれる人たちがたくさんいる。お帰り！　待ってました！　学校はどうだった？　もっと際どいの希望！　今日の下着は何色ですか？　マリちゃんの太腿キタ！　もっと仕事頑張れるっす！　たくさんのメッセージ。あたしへの言葉。マリ、というのはもちろんあたしのハンドルネーム。ベッドに寝転んでそれを眺めると、頬が自然と緩んでにやにやと笑ってしまう。みんな、あたしのことが好きなんだ。あたしの写真を見て、喜んでくれて、そして、頑張ってくれるんだ。みんな嬉しそうで、みんな楽しそうだった。これがもし学校の教室だったら。あたしがなにか言ったって、こんなふうにはならない。今日はどうだった、だなんて。勉強頑張って、だなんて。そう言ってくれる人なんていない。ここでなら、みんなはあたしのことを受け入れてくれる。優しくしてくれる。

宿題をしないといけないから、またあとでね。そう書き込んで、撮り溜《た》めていた写真の中から、制服の胸元を緩めて、ブラと谷間が覗《のぞ》く写真を貼り付けた。あたしは身体を寝転ばせながら、昨日のスレッドに画面を切り替える。そこはもうコメントがいっぱいで書き込めなくなってしまっているけれど、あたしはぼんやりとした頭で、たくさんの人たちが残したメッセージを読み返す。リアルタイムでは取りこぼしてしまった反応や、深夜に付いたコメントもあるから。今日はもう、宿題をする気なんてない。あたしはときどき、こんなふうにごろごろと寝転がりながら、みんなが残してくれたコメントをじっくり読み返す。あたしの身体。あたしの写真。それを見て、喜んでくれた人たちの言葉を、一つ一つ、じっくりと味わう。

これは、あたしの作品、のようなものだから。

感想を聞きたい、と思うのは当たり前だと思う。

みんなが喜んでくれているところを、確かめて、安心したかった。

嬉しく、なりたかった。

読み返している間に、気がついた。昨晩からのコメント数が、いつもよりぜんぜん伸びていない。おかしい。なんでなんだろう。気になって今日のスレッドを開くと、そこもコメントの流れが穏やかだった。あたしは、ただいまーと明るくコメントを付けて、そこおまけに写真を一つアップロードする。宿題おつかれさま！という言葉の数々。けれど、やっぱり少なく感じる。あたしは、なんだか今日はいつもより静かだねぇ、となんでもないことのように言った。何人かの人たちが、みんなリア様のところじゃない？と言う。リア様？あたしは首を傾げながら、それって誰、と聞いてみた。最近、新たに降臨なさった女神様です。恐れながらマリ様よりもエロい写真をアップしてくださる女子高生なので、皆さんそちらへ張り付いているのではないでしょうか——。

なにそれ。あたしは腹立たしい気持ちを抑えながら、なにそれぇ、と可愛らしく文字を躍らせる。すると、またみんなのコメントが流れていった。マリちゃんも対抗しよう！　ポロリ希望！　もっとエッチなのおねがいしやす！　そんな中で匿名の誰かが、いやいや、マリちゃんは清純そうな、下品じゃない感じがいいんだから！　と声を上げている。俺たちが求めてるのは、下着の向こうが見えそうで見えない、究極のチラリズムだろ！　という力説の言葉に、ぷっと吹き出して笑ってしまう。

誰かが、学校で写真を撮ったらどう？　とレスを付けた。賛成！　おお、露出範囲はいつもの感じでいいから、学校の教室で撮ってもらいたい！　それリアルで興奮する！　学校でエッチな写真希望！　いつの間にか、スレッドの空気はその流れで満たされていた。たくさんの人たちからのオファー。期待の言葉。コメント数がぐんぐん伸びて、あっという間に普段の数を追い越していく。リアっていう子のところへ行っていた人たちも戻ってきたみたいだった。大盛り上がりの、お祭りのよう。教室、保健室！　いやいやプールでしょ！

どうしよう、と思った。けれど、やっぱり、こんなにたくさんの人たちに求められるのは——、欲しい、って言ってもらえるのは、悪くない。あたしは、どうしようかなぁ、とコメントを返す。やーん、恥ずかしいなぁ、どうしよぅ。小文字を交えて、きゃぴきゃぴした空気を振りまいて、恥じらって、清純そうに。思わせぶりに。この、思わせぶりにして、みんなを期待させるのは、重要なテクニック。ほら、あっという間にコメントが膨れあがって数字が爆発していく。リアなんて子に、あたしが負けるわけがない。あたしの方が、みんなからずっと慕われていて、人気者なんだから。

「いいよ。撮ってきてあげる」

あたしはそう呟いていた。

あたしのことが必要なら。あたしのことを受け入れてくれるなら。

撮ってきてあげる。

だって、ここはあたしの居場所。

あたしを見てくれる、みんなのためなんだから。

*

どこで撮影するのがいいだろう。

放課後の校舎を、当てもなく歩く。学校の中を、こんなふうに探索したことってない。だってここは、まるで他人の家みたいに居心地が悪いもの。こんなにも広大で、大勢の人たちが通う場所ではあるけれど、なんだかあたしとは全然関係のない施設に思える。

少しでも見慣れない廊下や、入ったことのない教室の前を通るだけで、誰かの視線が皮膚に刺さるような気がした。ここは、お前なんかが歩いていい場所じゃない。そう、言われているみたいで。日中だろうと、放課後だろうと、だから、歩く度に、足を進める度に、なんだか苦しくなる。おへそのところを、きゅっと押されたようで、呼吸ができなくなる。どうしてだろう。なんでなんだろう。わからない。

お喋りをしながらばかみたいに笑っている女の子たちとすれ違う。身が竦《すく》んでしまった。彼女たちはトイレに入っていくところだった。たぶん、一年生。年下なんだから、怯《おび》える必要なんてないはずなのに。いつもそうだ。あたしは不法侵入をしている場違いな人間のよう。身分不相応で、卑しくて、貧しくて、彼女たちとは違う人間だから。たとえば、あたしは彼女たちみたいに、大勢で笑いながらトイレに入って、鏡の前で一緒にお喋りをしたり噂話をしたりすることなんてできない。だって、トイレだよ。おしっことか、うんちとか、する場所なんだよ？　色々と気を遣ったりするべきなんじゃないの？　そういうところで、どうして無神経に声を上げて笑ったりできるんだろう。まるで理解ができない。便座に腰を下ろして、彼女たちの笑い声を耳にすると、あたしはいつも息が詰まってしまう。意味もなく、見つからないように、音を立てないように、呼吸をしないようにと、自分の存在を殺そうとしてしまう。お喋りをする彼女たちに、早く出て行って、と念じながら、やっぱり、ああ、あたしって、普通とは違う人間なんだなって感じる。みんながしていること、みんなが当たり前にしていることが、どうしてもできない。

だから、交ざれないんだ。

人気《ひとけ》のない校舎の空き教室を見つけて、中の様子を窺《うかが》う。電気をつけてから、そっと扉を閉めた。もちろん、鍵は付いていない。ほんとうなら鍵をかけたいところだったけれど、学校の中で鍵をかけられる場所ってそんなに多くはない。少なくとも、あたしは知らなかった。でも、ここなら、きっと誰も来ないだろうって思う。並んだ机を縫うように窓際まで歩いて、眩《まぶ》しい茜《あかね》色の陽射しに眼を細めた。

ここなら、たぶん大丈夫。窓はいっぱいに夕陽を吸い込んでいるようで、教室の中は黄金色に満ちている。こんな景色で写真を撮ったら、とても良いものになるかもしれない。外でこういう写真を撮ったことがないから、緊張と期待がない交ぜになった気持ちに、息を呑んだ。どういうふうに撮ろう。画面を覗きながら教室の中を歩き回る。せっかくだから、セルフタイマー機能を使って撮りたい。その方が、並んだ机や教室の景色がきちんと写るだろう。そこで、ちょっとエッチな格好で写真を撮れば、きっとみんなも満足してくれる。

けれど、カメラを通して教室の景色を覗くと、幻想的に見えた黄金色の光は霞《かす》んで見えた。普段よりは明るく見えるけれど、でも、それだけだ。淡く降り注ぐ光のカーテンに照らされて、薄ぼんやりと浮かび上がってきらめく粒子たち。眼で見れば、綺麗だと感じるのに、この小さなレンズを通して表示される画面には、その美しさは微塵《みじん》も映らない。こんなものかなぁ、と溜息が漏れた。まぁ、仕方ない。普段よりは明るいんだから、それでもいいものが撮れると思う。構図を考えて、スマートフォンのカバーに小さな三脚を取り付けた。普段はキーホルダーになっていて、広げるとデジカメなんかの三脚に使えるという優れもの。机の上に置いて、角度を調整する。

こうして微調整するときは、画面には当然、がらんとした景色が映るだけ。自分がそこでどんなポーズを取っているのか、想像しながら角度と距離を変えなければいけない。モデルとかいたら、便利なんだろうけれど。とりあえずは試し撮り。スカートを短く折って、タイマーをセット。机に腰掛けて、脚を抱えるような格好を試してみようと思った。男の人って、こういうの大好きだもん。いくつかポーズを取って、シャッターが鳴るのを待った。シャッターは数秒間隔で、連続で切れるように設定してある。あたしはシャッターが鳴る度に、少しずつポーズを変えていく。最後のシャッターが鳴ったら、スマートフォンのところまで戻り、写真の出来を確かめた。うーん、微妙だなぁ。あ、この姿勢はいいかもしれない。えっと、もう少し近い方がいいのかな？　そんなふうに、繰り返し繰り返し、微修正。スマートフォンと、腰掛ける机との間を、何度も行ったり来たり、往復する。徐々に調子が乗ってきた。もっと可愛くて、エッチな写真を撮りたい。机に腰掛けて、スマートフォンのレンズを見返す。

ブラウスの胸元を緩めて、リボンの下で、オレンジのブラが覗くくらいに、そっと開いた。白くて、小さなふくらみだと思った。こんなのを求めて、男の人たちは大騒ぎするんだから、すごく不思議だと思う。肘《ひじ》を身体に寄せると、押し出された胸が存在を強調し、深く谷間を作っていく。あと少しで、シャッターが鳴る。もう少しだけ、ブラをずらしてみようか、と思った。あたしは、その、リアっていう子の写真は見たことがないし、見たくもないけれど。これを、ほんの少しずらして、ちょこんとある突起を写真に収めるだけで、みんなが褒めてくれるなら。

あたしのこと、見てくれるなら。

ブラジャーに手をかけた、そのときだった。

音が鳴った。なんの音なのか一瞬、わからなかった。シャッターじゃない。自分の身体がひどく驚いて、肩が跳ね上がったのがわかる。教室の戸が開いた音だ、と思い当たったときには、全身からざぁっと血が引いていくようだった。凄《すさ》まじい勢いで流れる血の音が、耳の奥で轟々《ごうごう》と聞こえたような気がする。教室の、戸。反射的に振り返る。誰かが立っていた。頭が真っ白で、なにも考えられなかった。ただ、自分の手が制服の胸元を引き寄せて、そこを慌てて隠した。どうしよう。頬が熱い。必死に言い訳を考える。どうしよう。見られた？ 背中を向けていたから、きっとわからないはず——。

「堀内じゃないか。どうしたんだ。こんなところで」

背中に響いたのは、柳先生の声だった。

あたしはがちがちと鳴る歯を震わせながら、なにか答えようとした。右手は必死にブラウスのボタンを留めていた。両手を使うと怪しまれると思った。気づかれた？　ばれてない？　わからないよね？　先生、来ないで。こっち、来ないで。せめて、このボタンを留めるまで――。

けれど、なにもかもが最悪のタイミングだった。スマートフォンのタイマーが作動して、連続でシャッターの音が鳴った。それは気のせいか、いつもよりも騒々しい音色に聞こえた。

「あ、あの、これは」

言い訳を。考えなくては。

言い訳を。

「なにか撮ってんのか？」

先生は教室の中に入ってくる。あたしは震える指先でボタンをかける。まだ、あと二つ。

「あの、なんでもないんです」

「ああ。セルフタイマーね。ケータイでもそういうのができるのか。最近は便利になったよなぁ」

すぐ近くまで、柳先生がやってくる。あたしは右手でボタンを留めていた腕を硬直させて、肩を小さくする。できるだけ背を向けたかったけれど、それは不自然だったのかもしれない。

ぐるりと、柳先生が顔を覗き込んできた。

ばれた、と思った。

だって。制服の胸元は大きく乱れて、ボタンが二つ、外れたまま。スカートを短くして、太腿を晒《さら》すような、あられもない格好で、机の上に腰掛けていて。

あたしはもう、死んだ。

そうでないならば、死にたい。

永遠に思えるほどの間があった、ような気がする。

柳先生は、眼鏡の奥の眼を瞬《しばた》かせた。

「なんだ、お前、写真好きだったの?」

「は?」

あたしはブラウスの胸元を摑《つか》んだまま、声を漏らす。

先生は嬉しそうに言った。教室を見渡しながら。

「なるほど、確かにいい具合の光だな。撮りたくなる気持ちもわかる。けど、ケータイはないだろ。ケータイは」

「えっと……」

唖然《あぜん》としたまま、先生が背中を向けている間に、ボタンを一つ留めた。机から脚を下ろして、スカートの裾を引っ張る。先生は三脚の上に載っているスマートフォンを覗いた。見られる、とひやりとしたけれど、先生はそれに触らなかった。ただ、あたしを振り返り、姿勢を低くして、カメラの目線になる。親指と人差し指をまっすぐ伸ばし、ピストルみたいなかたちにすると、両手のそれを組み合わせて四角形を作った。そこを覗き込みながら、先生は言った。

「うーん。なるほどね。いい構図じゃん。けどなぁ、こういうのは、やっぱり一眼じゃないと。あ、ちょっと待ってろ。いいの持ってきてやるから」

掌《てのひら》を突き出し、先生が笑うので。

あたしはつられて、引き攣《つ》った笑みを浮かべた。思わず頷いてしまう。

先生はなにごともなかったみたいに、教室を出て行った。

呆然と、その背中を見送る。

気づかれなかった？

なんなの？　ばかなの？　アホなの？

まだ、轟々と耳の奥で血流の音が聞こえる。血が引いていくように思えたのに、頬も眼の奥もこの身体も、なにもかもが熱く感じられた。思い出したように胸元のボタンの最後の一つを留める。息をつくと、冷たくなった汗がどっと首筋を流れていった。

どうしよう。

よくわかんないけど、ただの写真好きだと思われた？　それで、自分の写真を撮っているだけだって？　そりゃ、間違っちゃいないのかもしれないけれど……。

はっと思い直して、あたしは慌ててスマートフォンのもとへ駆け寄る。さっき撮った写真を、すべて削除した。惜しい気もしたけれど、証拠をすべて消し去らないと不安で仕方がなかった。代わりに、もう一度セルフタイマーをセットして、普通の写真を撮る。それでも自分の顔が写るのはいやだったから、横顔だったり、構図を工夫して、なんとか目立たないようにした。

あたしは、ここで自分の写真を撮っていた。顔は写ってないけれど、ごく普通の写真を。そう。テーマは、教室と、中学生。タイトルは、夕暮れの青春。なんちゃって……。

少しして先生が戻ってきた。彼が手にしているものを見て、あたしはきょとんとする。

自分の眼がゆっくりと瞬いて、それに吸い寄せられていった。

「じゃーん」

先生は、子どもみたいにそう言った。

「どうだ。こういうの、触ったことあるか？」

問われて、あたしは首を横に振った。先生が持っているのは、あの、なんだか古めかしくてゴツイ感じの、一眼レフカメラだった。真っ黒な本体に大きなレンズが付いている。

「堀内は、デジカメとか持ってないの？」

先生は笑って聞いた。

「両親が、持ってます、けど……。でも、小さいやつです。もっとひらべったいの」

「そうかそうか、そりゃ、良かった」

なにが良かったのか、まるでわからないけれど、あたしの戸惑いなんて無視して、

「これなぁ、実はフィルムなんだぜ」

と、重大な秘密を打ち明けるかのように言った。

なにがなんだか、よくわからない。

「フィルム……？」

「知らないか？　デジカメが生まれる前のカメラ」

「名前くらいなら、知ってますけど……」

先生は、レンズを覆う蓋《ふた》をぱかりと取り外した。水筒のキャップみたいだった。

先生がカメラを構える。現れた一つ眼のレンズが、あたしのことを見つめている。そうか、一つ眼だから、一眼レフっていうのかな。先生の指が、レンズの丸みの縁《ふち》を撫で

るように動いていた。

突然、重たい音が鳴る。

あたしは肩を竦ませて、光を吸い込んできらめくようなレンズを見返す。撮られたんだ、と遅れて気が付いた。

スマートフォンの電子音とは、比べものにならない鋭さ。

息が止まるかと思った。

「使ってみるか？」

本体の両脇から、黒くてダサいストラップが垂れている。あたしは自然とカメラを受け取っていた。想像以上の重みが掌に返る。重たい。触ったことなんてないけれど、拳銃《けんじゅう》みたい。レンズの縁に、幾つものアルファベットや数字が並んでいる。それは、まるで遺跡の壁に刻まれた魔法の言葉のよう。

「レンズをこっちに向けて、そこを覗いてごらん」

カメラの裏に、小さな窓が付いていた。そこを覗いてみる。

「なんか、ぼやけてる」

覗いた窓の向こうにある景色は、涙で潤んだ視界のように淡く白濁していた。その不鮮明な世界に、少し離れた先生の姿がぼんやりと浮かんでいる。

「ピントが合っていないんだ。レンズの縁にあるリングを回して、ピントを合わせるんだよ。左手をレンズの下に添えて、親指と人差し指で、こう、動かしていく。徐々に合っていくのがわかるよ」

言われた通りにやってみると、レンズの縁が動いた。

徐々に徐々に、薄く靄《もや》のかかっていた世界が、晴れていく。無邪気に笑っている先生の顔が、次第にくっきりと映った。

「そこの、ボタンがあるだろう。それがシャッターだ。オートだから、なにも考えなくていい。堀内がやらなきゃいけないのは、レンズを向けて、ピントを合わせて、あとはシャッターを切るだけ」

「ピントって」あたしはカメラから顔を離して、手にした道具を観察する。「こんなふうに、自分で調節しないといけないの？」

スマートフォンのアプリなら、画面をタッチするだけで一瞬なのに？

「そうだよ」先生は笑った。「ピントっていうのはね、カメラがやってくれるもんじゃない。自分で合わせるもんなんだ。それがいいんだよ」

あたしは先生の語る、その不自由さに呆れるほどきょとんとしてしまったけれど、ふと思い直して、もう一度カメラを構えてみた。

覗き窓に眼を寄せて、教室の景色を見渡す――。

「なにか撮ってごらん」

あたしは探す。

なにを撮りたいものなんてない。光を欲しいのは、光を浴びたいのは、だって、あたし自身なんだから。

ためらって、教室の窓辺にレンズを向けた。光のカーテン。粒子のきらめき。黄金色の静謐《せいひつ》さは、まるで太古から存在する教会の礼拝堂みたいだと思った。さっき、あたしのカメラじゃ、この光を捉えることはできなかった。このカメラだとどうなんだろう。指の腹でなぞるようにして、ピントを合わせる。景色が鮮明に見えるように。焦れったくなるくらい、それにはたくさんの時間がかかった。

ボタンを、押した。

瞬間、掌いっぱいに、鈍い反動が伝わる。それはびりびりとあたしの腕や額を通して、身体の皮膚を突き抜け、心臓の奥まで轟《とどろ》いていった。

「面白いだろう」先生は、とっておきのいたずらを教える子どものように口元を斜めにしている。「良かったら、それ、貸してやるよ」

*

昇降口を出て、校庭を歩き出したときには、カメラのフィルムカウンターは11という数字を指し示していた。透明なプラスチックの奥に見える数字で、たぶん、ダイヤルのように徐々に回転して、撮った枚数を教えてくれるんだと思う。11、ということは、既に十一枚撮ったたっていうことだ。たぶん。えーっと、とぼんやりとカメラを抱えながら歩いた。確か、一つのフィルムで、三十六枚撮れるって言っていた気がする。そうなると、残りは二十五枚。たったの、二十五枚？　先生が見せてくれたフィルムは、懐中電灯に入れる電池くらい大きかったのに、たったそれだけしか写真が撮れないらしい。なんて不便な道具だろう。意味もなく、廊下の景色やら、窓から見下ろす校庭なんかにレンズを向けて、ろくにピントも合わせないでシャッターを切ってしまった。あまりにも、その、かしゃん、と響く音色が、綺麗だったから。

身体が、弾むような、音だなぁって。

「写真を撮るってことを、シャッターを切る、なんて言うんだ」

先生はそう教えてくれた。どうしてだろう。風景を、切り取るから？

明日の放課後までにフィルムを撮り終えたら、先生が現像に出してくれるという。出来上がったものを見て気に入ったら、次から自分でお金を出しなさい、と先生は言った。そうか、そう考えると、このカメラの中に入っているフィルムは、先生に貰《もら》ってしまったことになる。

けれど、なにを撮ればいいんだろう。明日までに撮り終えたらだなんて、宿題みたいだなぁ。そう考えると、あと二十五枚って数字が厄介なものに感じられる。なんだか面倒くさい。どうしようかなぁと帰り道を歩きながら、溜息を漏らした。さっきみたいにテキトーに撮って、終わらせちゃおうかなぁ。けれど、先生に怒られたらどうしよう。なんだか写真仲間が見つかったって顔をして喜んでいたから、がっかりさせるようなことはしたくないし、けれどただの生徒であるあたしが、なんで先生の趣味に気を遣わないといけないのって感じもする。

カメラをお腹に抱えたまま、目に付くものに意識を向ける。路地のアスファルトにペイントされた文字。名前も知らない鮮やかな草花。徐々に薄れていく黄金色の空と、そこを横切る幾重もの電線。こういうの、写真に撮って面白いのかなぁ。抱えるカメラは重たくて、わざわざそれを構えてファインダーを覗く気分にもなれない。だって、ピントを合わせるのって、面倒くさいんだもの。

こんなの借りなければ良かったかもしれない。借りたところで、このカメラじゃあたしの写真を撮ることなんてできない。セルフタイマーはあるみたいだけれど、でっかい三脚が必要だろうな。それに、エッチな写真を撮ったら、先生とか写真屋さんとかに見られちゃうわけでしょ？　しかも、アップロードもできないんじゃ、まったく意味がないじゃん。そう考えると、なんだか凄《すご》く肩が凝ってきた。重たい。このカメラ、何キロあるの？　ストラップもすっごくダサいし、もう最悪。

とぼとぼと歩いていたら、路地の隅に停められたバイクに眼が行った。見慣れない大きなバイクだった。それのサイドミラーに、茜色に染まった空に漂う雲が、反射して映っている。ちょっと不思議で綺麗な光景だった。とりあえず、あれを撮ってみよう。近付いて、よいしょと重たいカメラを抱え直す。どの角度から、どれくらい離れて撮ろう？　丸いミラーの中に、違った世界が映り込んでいる。あたしだったら、と考えた。あたしだったら、あたしがこのミラーを覗き込んでいるところを撮ってみたい。その構図や景色は不思議と脳裏にくっきりと浮かんでいた。けれど、あたしは一人しかいないから、ミラーの世界だけを寂しく写すしかない。

バイクの周りをうろうろして、ベストポジションを探る。ミラーだけがいいのか、バイクだってわかるくらい離れて写すべきか。けれど、あんまり離れたところから撮っても、空模様が霞んじゃうよなぁ。

「しぃちゃん？」

声をかけられた。

カメラを胸に抱えながら、振り向く。

きょとんとした眼差しで、あたしを見ているナオの姿があった。

「なにしてんの？　ていうか、うわ、なにそれすごい！」

ナオは眼を大きくして、あたしに近付いてくる。膝を折り、まるで匂いを嗅《か》ぐみたいにカメラに顔を寄せて、しげしげと観察を始めた。あたしは言葉を見つけ出すことができず、ぎょっとして後ずさりしてしまう。

「これ、しぃちゃんの？」

「違う」あたしは、ぱたぱたと手を振った。「先生に借りたの」

「ほえー」

ナオは奇妙な声を漏らした。きっと一眼レフが珍しいんだと思う。あたしだってそうだもの。彼女は長い睫毛《まつげ》を何度も上下させながら頷いた。一つ一つの動作がオーバーで可愛らしい生き物だ。そんなに楽しそうな顔をして、そんなに可愛らしい笑顔を見せて。いっぱいの光を浴びて、ピントの当たった世界を生きている人間に、相応《ふさわ》しい仕草。日陰者のあたしとは、もう違ってしまっている。

同じ小学校に通って、同じ教室で遊んで、同じ中学校に来たのに。

あたしたちは、いったいなにが違っていたんだろう。どこで違ってしまったんだろう。

「なにを撮ってたの？　なんか、バイクの周り、ずっとうろうろしちゃって」

ナオは首を傾げて言った。

見られていたんだ、と思うと気恥ずかしい。あたしはバイクのミラーを示して言った。

「えっと……。ほら、空が映ってて。綺麗でしょう」

「あ、なるほどねー。確かに。すごい。よく気づいたね」ナオはバイクに近付いて、うんうん頷く。「それで、この周りをうろうろしてたわけ？」

「うん。どの角度から撮るのが、いちばん綺麗かなぁって……」

「あー。しぃちゃん、写真好きだもんね」

ナオが何気なくそう呟いたので、あたしはえっと驚きの声を漏らす。

だって、自分で写真を好きだなんて思ったことはなかったし、だから口にしたこともないはずだった。あたしが写真を好きだなんて、先生の大きな勘違い。あたしは自分の身体を撮影するのが好きなだけ。その行為が心地よくて、多くの人たちに自分のこと、見てもらえるから。

だから、写真が好きだなんて、考えたこともない。

「どうして？」

「だって、しぃちゃん、前からそういうのこだわるじゃん。うーんと、構図？　っていうの。光の加減とか、そういうの。ケータイとかで、一緒に写真を撮るときとか、なんかそういうこだわりを感じちゃうよう」

ナオはそう言って、すごいよねぇと笑った。そんなことない、とあたしは思ったけれど。軽く首を傾げて、ゆるく吹いた風に、彼女の黒い髪がさらさらなびいていく。あたしは息を呑んで、それから呼吸を止めた。呼吸を止めれば、時間も止まるような錯覚がしたから。慌ててカメラを持ち上げてレンズを彼女に向ける。ファインダーを覗くと、けれど薄ぼんやりと曇った景色。急いでピントを調節した頃には、ナオはもう違った表情を見せていた。

「えっ、わたしを撮るの？」

戸惑ったような表情も、可愛い。

シャッターを、切る。

「あーっ、撮ったぁ！」

もうしぃちゃんってば勝手にぃー！　肖像権の侵害だぞぅ！　と難しい言葉を使って、頬を膨らませる。その表情も可愛らしかったけれど、彼女がぐっと近付いていたから、またピントがずれてしまった。ファインダーから顔を離して、ごめんごめん、可愛かったから、つい、なんて、おだてながら謝った。ほんとう。可愛かったから。つい、撮ってしまった。

「ねぇねぇ、それ、どこから見るの？」

「なにを？」

「写真だよぅ。画面は？」

「ないよ。フィルムだもん。知ってる？　フィルム」

「えぇぇっー！」ナオはぎょっとして飛び退《の》く。「何百年前の発明それ！」

「そんな昔じゃないと思うけれど……」

「あれでしょ。知ってるよ。現像って言うんでしょ。写真屋さんに持って行かないと見られないんだ」

「うん。よく知ってるね」

「ほら、あっちの商店街の隅に、写真屋さんあるでしょ。子どものころ、お父さんに連れられて入ったことあるもん」

「そういえば、あった気がする」

ぼんやり思い返す。いつも、潰《つぶ》れそうだなぁって感じるあの青い屋根のお店は、そういえば写真屋さんだった。

「今から現像しに行こうよ」

「え？」

「しぃちゃんの写真、見たいもん。行こうよ、行こうよう」

だだをこねる子どもみたい。ナオはその場でぴょんぴょん跳ねながら、あたしを促す。

そういえば、彼女はこういう子だったなぁなんて、懐かしく感じてしまう。見たいよ見たい。どんなふうに写るの。ねぇねぇねぇ。ナオがはしゃいでいる。けれど、フィルムって全部撮り終えてからじゃないと、現像できないはず。まだまだ枚数は残っている。

ふと思い付いて、あたしはカメラを掲げながら言った。

「それじゃ、ナオのこと、もっと撮らせて」

彼女は眼を見開いて、ぇぇぇーっと声を出して笑う。

さっき、思い描いた構図を思い出す。あたしは、あたしを撮ることができないけれど。ファインダーを通して、ナオを覗くことはできるから。

彼女はくすぐったそうに笑う。しょうがないなぁ。可愛く撮ってよぅ。あたしは、素人だから保証できないよと彼女に告げる。ねぇ、ナオ。そのバイクのミラーを覗いて。不思議なものを見るように。あ、違うよ。笑わないで。こっちを見たらだめ。横顔を向けて。そう。膝を折って。儚《はかな》げに。くちびるを、すこしだけ開いて。

いつの間にかできた、そばかす。リップを乗せて可愛らしくなった、くちびる。あの頃と違って、短く軽やかな黒髪。大きな二重の瞳は茶色くて、笑うと右の頬にだけ、えくぼができる。そういえば、あたしの友達はこんな子だった。羨ましくて、妬《ねた》ましくて、遠くへ行ってしまった、あたしの友達。久しぶりに、彼女のこと、こんなふうに、じっくり見た気がする。

じっくり、見つめている気がする。

＊

帰宅して、いつものようにスレッドを立てる。ただいまぁ、と書き込んで、写真をアップロード。スカートをそっと捲り上げて、オレンジのパンティがちらりと見えている大胆なショットを、いきなり公開。今日のマリ様ってば、最初から大胆でしょ。まぁ、撮り溜めている写真が、もうエッチなものしかなかったんだけれどね。新しく撮り直すには、今日はもう疲れちゃったんだもん。

あのあと、ナオと一緒に写真屋さんに行った。現像には一時間もかかるらしくて、ほんとうにローテクな道具だなぁと思い知った。三分くらいでできるんだと思っていた。カップラーメンの何十倍も時間がかかるなんて信じられない。

「しぃちゃんの、初めての写真でしょ？　わたしも絶対、一緒に見たい」

ナオがそう言ってくれたから、あたしたちは二人で、駄菓子屋さんの前にあるベンチで時間を潰した。去年までは、そこでよく一緒に買い食いをしていたように思う。

ナオは三十分くらい経った頃、お母さんからの電話を受けて渋々と帰っていった。夕飯がカレーなのにカレー粉がないとかで、買って帰るように言われたらしい。

ベッドに倒れ込んで、ディスプレイの中で伸びていくコメントの数字を眺める。カメラが重たかったから、肩が少し痛かった。いきなりのパンティ画像に、マリ様お帰りなさい！　とあたしを待ってくれている人たちの言葉がいくつも並んでは過ぎていく。あたしはいつものように、昨日の夜から付いているコメントに目を通していった。昨晩から今まで。写真への感想というよりは、学校で撮る写真への期待感で埋め尽くされていた。そういえば、結局、学校でエッチな写真撮るの失敗しちゃった。みんなして保健室がいいとか、体操服がいいとか好き放題に言っている。うーん、ご期待に応《こた》えられなくて申し訳ない。また明日あたりに挑戦かなぁ。

寝返りを打って、そろそろ着替えようかな、と起きあがったとき、一つのコメントに目が留まった。朝の四時半頃に書き込まれたものだった。それは簡潔であっさりとしたメッセージだったけれど、呼び水のように、新しい流れを生み出す言葉だった。ただ、こう書かれていた。

『気持ち悪い』

頬が熱くなった。

起きあがったまま、画面を睨み付ける。女神を、あたしを、あたしの身体を賛美するメッセージに交じり、ただ一言、そう書かれていた。画面をスクロールさせると、他にも同じような異端者たちのコメントが目に付く。いくつも、いくつも。堰《せき》を切ったみたいに。承認欲求を満たそうとする可哀想な子。中学生でこれじゃ、将来が不安。就職先は風俗ですか。見られて興奮してる変態痴女ですねわかります。本当はオバサンだろ。躍る嘲笑の文字列とマーク。

違う。

あたしは、違う。そんなのと、一緒にしないで。あんたに、あんたたちに、あたしのなにがわかるっていうの。

慌ててスレッドを今日のものに切り替えた。同じような連中が湧いていたらどうしようと不安になった。けれど、スレッドは穏やかなものだった。コメント数がほとんど伸びていない。昨日、リアが現れたときと一緒だ。どうしたの。せっかく、今日は最初からオレンジのパンティを見せてあげたのに。どうしてコメント数が伸びないの。あたしを注目する数。あたしを賛美する数字。あたしを認めてくれる視線。あたしに注がれる光――。どうして。どうして。

みんなー、どうしたの、お仕事いそがしいのー？　可愛らしく、なんでもないことのように彩って、コメントを書き込んだ。それに対して、何人かから返事が来る。確かに今日は伸びないねー。あー、昨日アンチが湧いたからじゃね？　リアのしわざ。嫉妬《しっと》。それより、マリ様、教室写真はいかがですか？　保健室ミニスカたくし上げパンチラ！というか、お前らリア様のスレッド見ろ。リア様が学校での写真を公開中だぞ。

どういうことなの。みんな、リアっていう子の方に行ったの？　あたしはくちびるを噛んで、リアという名前でコミュニティを検索する。スレッドはすぐに見つかった。普段、あたしがもらっているコメント数の、何倍もの数字が眼に映る。震える指先で、そこにたくさんアップロードされた写真を、表示させた。

どうしてだろう。なんでだろう。

高校生の女の子が、教室みたいなところで自分を写している。構図もなにも考えられていない。光が乏しくて、ざらざらと粗い写真だった。制服の胸元を開いて。安そうなベージュのブラをずらして。自分の身体を、惜しみなく露出している。

気持ち悪い。

そう、思った。そう、思ってしまった。

こんなに汚くて醜いへたくそな写真に、どうしてみんな群がるの。みんななにを見ているの。こんなの。こんなの。とたん、あたしに向けられた言葉が、胸の中からどぷどぷと溶岩のように湧き上がってくる。気持ち悪い。可哀想な子。将来が不安。違う。違う。違う——。あたしは、違う。あたしは、違うのに。

あたしのこと、みんなからは、そんなふうに見えるんだろうか——。

リアに対抗するため、撮り溜めていた写真の中から、とっておきを見つけようと画面をスクロールする。けれど、指先が震えて動かない。あたしの光。あたしの価値。あたしの、あたしの。

スマートフォンを握った手を、ベッドのシーツに叩《たた》き付ける。溢れ出てくる名前の付けられない感情に、喘《あえ》ぐように呻《うめ》いた。指先からスマートフォンが零《こぼ》れて床に転がる。

悔しさに似た気持ちだった。暴れたかった。シーツを蹴《け》った脚に、硬いものが当たった。先生のカメラ。壊してしまったらどうしよう、とひやりとして、ベッドの上を這《は》って確かめる。カメラは見たところ、変化はない。ただ、側に置いてあった封筒から、なにかが飛び出していた。

写真――。

ナオが一緒に見たいって言うから、自分じゃ、まだ確かめていなかった。そこにある写真に、手を伸ばす。

そこに写っているのは、あたしだった。

あたし――。

先生が撮った、最初の一枚。

はっとして、呼吸が止まる。

こっちを呆然と見返しているあたしは、なんだか寂しそうで、けれど、あたしに、しっかりピントが合って。周囲がぼやけていて。

光をいっぱいに取り込んで。黄金色の輝きに満ち溢れている。

スマートフォンで撮ったときの、暗くてざらざらした感じは、まったくない。

あまりにも、違いすぎる。

これが、ほんとうの写真？

写真の束に手を伸ばす。熱したものにでも触れたかのように、指先がじんじんと震えた。最初の写真を後ろに回し、次の写真を眼にする。

黄金色の教室の景色が、そこにあった。あたしがこの眼で捉えようとした景色が、そっくりそのまま小さなカードの上に描かれている。そのまま？　ううん、違う。実際に眼にしたものの何倍も、明るく、透明で、綺麗だった。

光のカーテンに照らされて、きらめく粒子たち。

ざらざらとした粗い粒子に混じってブラを晒す写真と、この掌の中にある写真の眩さは、あまりにも違っていて。

指が動いて、写真を一枚一枚、後ろに回していく。

ほとんど、ピンボケしているものばかりだったけれど。

ナオを、見つけた。

美しい景色が、そこにあった。

丸い鏡を覗き込んで、ナオが笑っている。

彼女の幸せそうな表情が大きく写し出されていて、その瞳の虹彩《こうさい》すら観察できるくらいに近い。背景は茜色に霞んでいて、幻想的に彼女の笑顔を浮かび上がらせている。眩しい、ひかり。

あたしは時間を忘れて、彼女を見る。

それから、ようやく遅れて気がついた。

この写真は、あたしが撮ったもの。

あたしの作品なんだってことに——。

＊

朝の光は、薄くて柔らかだった。教室は騒がしかったけれど、そんなことは意に介さないような寂しげな光が、窓から降っているように感じる。カメラを首から下げて教室に入ると、みんなの視線がいっせいにこちらを向いたような気がする。のろのろと席に着いて授業の用意をすると、習慣でポケットからスマートフォンを取り出して、アプリを起動させてしまった。すぐにやめて、それをポケットの奥に押し込む。重苦しい感情に、喉の奥が詰まりそうだった。

「しぃちゃん！」

はっとして顔を上げる。ナオが近付いてきて、目の前の、まだ主《あるじ》が不在の座席に腰掛けた。「ねぇねぇ、写真は？　写真はできた？　持ってきた？」

「あ、うん……」

あたしは頷いて、見せて見せて！　と声を降らせる彼女から逃れるようにしながら、鞄《かばん》に手を入れる。ほんとうはナオと一緒に見たかったけれど、自分一人で見てしまったから、どうしても気後れしてしまう。約束を、したわけじゃないんだけれど。

「ほとんど、ピントが合ってなくって。なんか、へたくそで恥ずかしいけれど」

「ピント？　ピントってなに？」

そう言いながら、ナオは封筒を手に取る。

それがなんだかおかしくて、あたしは笑ってしまう。だって、常にピントの合った世界にいる子が、ピントって言葉を知らないだなんて。

ナオは暫《しばら》く、写真の束を見ていた。一枚一枚、ゆっくりと後ろに回して。そうして眼を大きくして、くちびるを開いて、なにか言葉を探そうとしていた。

「ナオたちってば、なにしてるの。あ、堀内さん、それカメラ？」

ヨーコが近付いてきて、そう聞いた。あたしが頷くそれよりも早く、「ヨーコ！」と声が上がる。ナオが叫ぶように言った。

「ヨーコ！　しぃちゃんってばすごい！　これ見てこれ見て！」

なになに、とヨーコが写真の束を覗き込む。あたしは頬が赤くなっていくのを感じた。べつに、そこに写っているのは、あたしじゃないのに。どうして恥ずかしい、だなんて思ったんだろう。

「すっごーい！」一枚の写真を掲げて、ヨーコが叫んだ。教室中に響き渡るような声だった。あたしは唖然として彼女たちを見上げる。「なにこれ、堀内さんが撮ったの？　すっげー！　ナオ、ちょー可愛いじゃん！　モデルみたい！」

「すごくない？　すごくない？」

ナオが身体を跳ねさせながら言う。あたしがぽかんと口を開けている間に、ヨーコが言った。

「堀内さん超絶すごいじゃん！　これで撮ったの？」

ヨーコってば、なんの騒ぎぃ？　どうしたのぉ？　いつの間にか、吉沢さんや大西さんたちの姿が近くにあった。みんなして、写真を覗き込んでいる。この人たちは、どうしてこんなにきびきびと動けるんだろうって思うくらい、あっという間のできごとだった。あたしとは違う人種の眩しい輪が、目の前に広がっている。どうしよう。あたしは頬を赤くしたまま、突然やってきた騒々しさと眩しい光に、眼を眩《くら》ませていた。すごくなんてない。なんでもないよ。そう、答えてしまうのはとても簡単だったはずだけれど。

「いいなぁ、ナオばかりずるいよぅ」

なんて、ほんとうに羨ましそうにヨーコが言うから。

あたしは机に置いたカメラを手にしていた。

カメラの中には、現像のときに購入しておいた新しいフィルムがひとつ。

それを言葉にするのって、どうしてか、とても勇気が必要だったけれど。

「良かったら……。ヨーコたちのことも、撮らせて」

小さな小さな声でそう言うと、ヨーコは何度もまばたきを繰り返して、あたしを見つめ返す。眼をそらすのを忘れてしまうくらいに、まっすぐな瞳だった。くちびるが開いて、白い八重歯が覗いて、それから、嬉しそうに笑う。こんなふうに笑う子なんだ、と初めて知った気がする。ナオや、吉沢さんたちが声を弾ませて言った。撮って撮って！わたしのことも撮って！えっ、ナオはいいじゃん、もう撮ってもらってるじゃーん。あたしあたし、あたしが先でしょっ。

「撮るよ。まだ時間あるし、みんなのこと、撮らせて」

ホームルームが始まるまで、時間はたっぷりあるみたいだったから。

あたしはカメラを構えて、ファインダーを覗く。構図を計算して指示を出すと、ナオが得意げに言った。しぃちゃんは要求が細かいんだよ。プロみたいでしょう？彼女たちの笑い声を耳にしながら、慎重にピントを合わせて、フォーカスを当てて、シャッターを切った。何度も何度も。ヨーコも。ナオも。吉沢さんも、大西さんも。みんなのことを。

カメラを構えて、レンズを通して。

あなたたちを、見ていた。

「ねぇ」

肩を寄せて気恥ずかしそうに笑っているナオやヨーコたち。思わず指が動いていて、その姿を切り取った瞬間に、ナオが言った。

「しぃちゃん、まだ撮れる?」

「うん、大丈夫」

あたしは笑い合う彼女たちをレンズで覗きながら、ナオに応える。少し角度を変えた。

「わたしにも、それ使わせてくれる?」

「ナオも興味ある?」

「だって」カメラの小さな窓の中で、ナオが笑う。「そうじゃないと、しぃちゃんのこと、撮れないでしょう?」

あたしはその言葉を耳にしながら、彼女たちに焦点を合わせた。構図を見定めて、フォーカスする。それから、思い出したように脇を締めた。脇を締めないと、ブレるんだって、先生の言葉を思い出したから。そうしないと、身体の震えがカメラに伝わって、像をうまく切り取れなくなってしまうんだって。額を押しつけ、くちびるを噛みしめて、なにかが溢れ出そうになる頬に必死に力を込めた。

あー。しぃちゃん、写真好きだもんね。

彼女の言葉を思い出す。自分でも気づけなかった。知らなかったこと。ナオは、あたしのことを見てくれていた。今だってそう。それなのに、あたしは、あのときレンズを通して写真に焼き付けるまで、あなたの放つ光をまっすぐに見ようとしていなかった。ヨーコのことも、吉沢さんや大西さんのことも。自分のこと、見て欲しいばかりで、あたし、なんにも見ていなくて。

ひかり、を、

浴びることができないなら。

せめて、みんなが放つ光を、ファインダーで覗きたい。

そうしたら、ときどき木漏れ日のようにまだらに零れた光が、あたしの身体を温めてくれることも、あるのかもしれない。

「しぃちゃん？」

ねぇ。

あたしのこと、見てくれて。

ナオの不思議そうな表情。ヨーコたちがじゃれ合うのを止《や》めて、視線をこちらに向ける。ピントが合っているはずなのに、視界は不鮮明だったけれど。

それでも、まばたきをすれば。

しっかりと、見つめれば。

世界はすぐ、鮮明になる。

あたしは、たぶん、もう、あそこには写真をアップロードしないかもなぁって思いながら、「はい、撮るよー！」と声を上げる。だって、このカメラはアナログで、デジタルじゃないから、アップロードなんてできない。できなくたって、きっと構わない。

息を止める。

指を押し込む。

シャッターの音が弾んで、教室に小さく響いた。

雨の降る日は
学校に行かない

わたし、要らない子なのかもしれない。

砂に汚れた床に膝をついて、雑巾を絞り上げていく。教室の隅の、埃《ほこり》くさい掃きだめ。牛乳の臭《にお》いに満ちた雑巾が、汚らしく濁った水滴を、バケツの中に落としていった。

その臭いに息を止めて、ほんの少しだけ顔を上げると、スカートを短くした飯島《いいじま》さんたちの、骨張った細い脚が見えた。箒《ほうき》を動かしているふりをして、楽しそうに笑っている彼女たち。まるでシンデレラに出てくる、いじわるな義姉たちのよう。それなら、わたしは埃にまみれた灰かぶり。だから、給食の時間に牛乳を拭《ふ》き取った雑巾をそのまま手渡されて、「さっちゃん、これ使ってねーっ」なんて、笑いかけられても、仕方がないことなのかもしれない。そんなふうに、とても親しそうに笑いかけられると、もしかしたら飯島さんは、この雑巾が牛乳にまみれてひどくくさい状態にあるんだってこと、気づかないで、親切心でわたしに掃除道具を手渡してくれたんじゃないかって、思いたくなるけれど。

「ねぇ、なんか、くさくなーい？」

「やばーい！　この臭いありえないんだけど！　染みついちゃう！」

わたしの傍らを通り抜けるとき、彼女たちが大声でそんなことを言うから。わたしたち、夏休みに入る前と、なんにも変わらない友達で。わたしが勝手に、被害妄想に陥ってるだけなんだよねって。そのわずかな期待は、粉々に砕けてしまう。

童話の中の灰かぶりは、きっとくさかったんだろうな。牛乳とワックスの入り交じった臭いって、確かに強烈だもの。こんなこと、毎日みたいに繰り返していれば、わたしの身体からそういう臭いがしても仕方ないのかもしれない。だから通り過ぎる女の子たちに、朝の挨拶でおはようって言われる代わりに、くさいって顔をしかめられてしまうのかな。

青いバケツの水面は茶色く濁っていて、肌を掠《かす》めるだけでもぞっとするような髪の毛の塊が、いくつも浮いている。

牛乳とワックスと髪の毛の、ミックスジュース。

急に背中に痛みが走った。息が詰まるような瞬間のあと、気が付いたら床に突っ伏していた。太腿《ふともも》に、沁《し》みるような冷たさを感じる。うめきながら顔を上げると、バケツから零《こぼ》れた汚水がスカートを水浸しにしていた。後ろで、男子のひとりが転んで尻餅《しりもち》をついている。教室中で、あーあぁ、という残念そうな声が合唱されて、奇妙な一体感に包まれていた。男の子同士でふざけていて、転んだ先にわたしがいたらしいということに、遅れて気がついた。「ちょっとぉ、男子ぃ！」女の子たちが声を上げる。箒やちり取りを武器みたいにして掲げながら。「なんてことすんのぉ」「さっちゃんが可哀想でしょ！」「水浸しじゃーん！」「謝りなさいよぉっ！」みんな、わたしのこと、庇《かば》ってくれるみたいに立って、男の子たちを威圧していた。

「さっちゃん、大丈夫？」

戻ってきた飯島さんが、天使のような笑顔で覗《のぞ》き込んでくる。

大丈夫。

でも、なんて答えたらいいかわからない。

ぶつかってきた男の子は立ち上がって、ごめんねごめんねー、とギャグを言って、みんなを爆笑の渦に包み込んでいく。呆れ顔をしていた女の子たちもいつの間にか笑っていた。川島《かわしま》先生がやって来て、「おいおい、どうしたんだ」と教室を見渡す。

「さっちゃんが、つまずいてひっくり返しちゃったんです」

誰かが言った。

「仕方ないなぁ」先生は、面倒そうな表情を浮かべている。「ほら、着替えてきなさい」

わたしは立ち上がり、重たく湿ったスカートを引き摺《ず》りながら、ロッカーのジャージを引っ張り出す。それから、トイレの個室でジャージに着替えた。スカートの端から、ちょろちょろ、おもらしみたいにミックスジュースが垂れている。

しばらく、トイレの便座に腰掛けていた。意味もなく、扉の落書きを見ていた。十分、見ていた。二十分、見ていた。

三十分経った頃、わたしは本当にここにいるのかなって、考えていた。誰からも嫌われて、誰からもいやな顔をされて、生きている意味があるのかなって。

抱えた制服の中で、携帯電話が何度も震えている。それを取り出して画面を確認すると、教室中からの、たくさんのメッセージがわたしを出迎える。『さっちゃん大丈夫?』『これくらいで死んだりしないよね?』『むしろいつ死ぬんですか』『くさい女ギネス記録』『水も滴るさっちゃん』『おもらしさっちゃん』『さっちゃん早く戻ってきてよ。退屈だから!』

仕方ないなぁ。

先生の言葉を思い出した。

仕方のないことなのかもしれない。

だって、わたしは生きにくい人間だから。

振動する携帯電話の、電源を切る。

わたしは濡れて重たくなった制服を抱えたまま。

奇妙に歪《ゆが》んでいく、自分のくちびるに力を込め続けていた。

小学生の頃に、先生とお母さんの会話を盗み聞いたことがある。

あれは授業参観が終わったあとだったのだろう。わたしは遊んでいた友達と別れて、お母さんの姿を捜しに教室へ戻ろうとしたところだった。

「そうですね。小町《こまち》さんは、引っ込み思案なところが大きくて、少し生きにくい部分があるかもしれませんね」

先生はそう言っていた。生きにくい、という言葉の意味を理解するのに時間がかかったけれど、聞いてはいけない話を聞いてしまったような気がして、教室に足を踏み入れることができず、わたしは廊下でじっと息を潜《ひそ》めていた。お母さんが先生に応えて言った。

「そうなんですよね。昔から人見知りが激しくて、進級するたびに不安で、中学校もきちんと通えるのか……。だめなんですよねぇ。どうして、みんなとすぐ仲良くなれないんでしょう」

それから、お母さんは先生に聞いた。

その言葉、今でも忘れられない。

先生、どうしたら治るでしょうか。

まるで、わたしは病気にかかっているみたいだと思った。生まれながらの、名前のない病気。その病気のことは、わたしがいちばんよく知っている。だから中学に入ってすぐ、自分のクラスに見知った顔がほとんどないのを理解して、ざぁっと胸の奥が冷えていった。知らない子ばかりだった。席の間を縫って座席表の示す通りに椅子に腰掛けると、会話を楽しんで打ち解けている女の子たちが、なんだか違う世界に住んでいる人たちのように輝いて見えた。とっくの昔に、友達の輪は作られていて、わたしはまるで、遅れてやって来た余り物みたい。だから、たった一人、小学校で何度も同じクラスになった千恵《ちえ》ちゃんの顔をやっと見つけたときは、縋《すが》りたい気分でいっぱいになった。千恵ちゃんは、わたしと違って人見知りしない。それに、優しくて親切な子だった。すぐに、「同じ小学校だったんだ」と言って、わたしを飯島さんたちのグループに入れてくれた。

飯島さんは背が高くて、読者モデルをしているみたいに可愛らしい人だった。彼女は派手な性格をしていて、先生にもよく絡むし、授業中にも面白いことを言って教室を笑わせてくれる。女子に人気があって、男の子とも話ができる、おしゃべりの上手な、明るい性格の人気者。わたしにとっては、わたしの持っていないもの、すべてを持っているかのような憧れの人だった。だから、飯島さんがわたしのこと、さっちゃんって呼んでくれたとき、たまらなく嬉しい気持ちになれたのを、よく憶えている。良かったと安《あん》堵《ど》した。誰とも繋《つな》がれないのは、寂しいから。中学生になっても、わたしは、きちんと誰かと繋がっていられる。そう、思っていた。

＊

お昼休みは、することがない。

今日の乙女座の運勢は、第二位。晴れやかな気分の一日は、思いがけないできごとで、友達と楽しいイベントを迎えるチャンスがくるかも！

太陽の眩《まぶ》しさに、うっとうしさを感じながら、校舎の周りを歩いた。声変わりのしていない男子たちの声が、校庭を転がるボールを追いかけていた。すれ違う女の子たちの、くすくすという噂話の声音は、恋に胸を躍らせているみたいで、その充実感の鋭さを、わたしの胸に突き立てる。

わたしはきっと、誰とも繋がれない。そういう病気にかかっている。そのことを証明するみたいに、賑《にぎ》やかなお昼休みの時間を、一人でふらふら、あてもなく歩いた。

俯《うつむ》いた視線の先に、聞き覚えのある声を耳にして、顔を上げる。

こちらに向かって歩いてくる女の子たちのグループの中に、小学校のとき仲の良かった有希枝《ゆきえ》ちゃんの姿があった。楽しそうに、笑い合っている女の子たち。わたしは、わざと歩く速度を緩めながら、けれど彼女にかける言葉を見つけられない。おはよう。こんにちは。ひさしぶり。それとも。俯いて、彼女のことに気づかないふりを、しようとした。有希枝ちゃんの方が、わたしに気がついてくれることを祈った。けれど、わたしたちは他人同士のように、校舎の端をすれ違う。今日の乙女座は第二位。毎朝、確かめている星座占いの結果を思い出した。わたしは顔を上げる。なんでもいいから、言葉を出さなきゃ。大きく、息を吸い込んで。

すれ違った女の子たちの甘い匂いと共に、くすくす笑い声が漂う。あの子でしょう、と誰かが言った。見たぁ？　くらーい！　有希枝のこと、ずっと見てたよ、きもちわるーっ。

聞こえちゃうでしょ。可哀想だよ。有希枝ちゃんの声がする。わたしは、今度は逆に歩くスピードを速めて、ひたすらに走った。お腹の奥から込み上げてくるなにかに、歯を食いしばる。眼の奥が燃えるように熱かった。暗い。気持ち悪い。可哀想。走っても走っても、彼女たちのくすくすと笑う声が、耳にへばりついて、離れてくれない。

飯島さんが、牛乳の臭いを放つ雑巾を、べちゃりと机の上に置いてくるようになったのは、夏休みが明けてすぐの頃だった。きっかけは、グループメッセージの中の一つだった。『既読になっているのに、一日シカトとかありえなくない？』

飯島さんからのメッセージに目を通したまま、返事をしないで、放置してしまった。この掌《てのひら》にある、みんなと繋がるための道具は、その言葉をきっかけに、たくさんのメッセージを画面に躍らせた。『さっちゃん最低』『友達失格』『シカトとか、自己中すぎ』『もしかして、さっちゃん、飯島さんのこと嫌いなんじゃないの』『さっちゃんこわーい！』洪水に押し流されるみたいに画面から溢《あふ》れて、そのときから、わたしは要らない子になったんだと思う。

「あの子ってさぁ、なんだか暗くて、じめじめした感じがしない？」

「わかるぅーっ！」

「なんか、ぼそぼそ喋《しゃべ》るし、見ていてちょう気持ち悪いよね。ほんと、ネクラぁ」

「うちら話してても、ずっと黙ってるだけじゃん。生きていて楽しいのかなぁ。なんか可哀想だよねぇ」

いつも、飯島さんたちは、楽しそうに笑う。

あまり、学校の外を隅々まで歩いたことってない。ぼんやりと歩いていたら、オレンジやレモン色の薄い花びらが綺麗に咲いている花壇を見つけた。ご丁寧に、近くにベンチがあったから、そこに腰掛けた。花が咲いているのに、なんだかもの悲しい場所だ。けれど、悪くない。たぶん、騒がしさから離れて、普通なら誰も寄ってこないところにある感じが、教室の隅っこの掃きだめみたいに見えたせい。きゅっと噛んだくちびるは、涙の味を含んでいて、とてもしょっぱかった。

地面を、スズメたちが、ぴょこぴょこと忙《せわ》しなく跳ねている。予鈴が鳴ったけれど、わたしは立ち上がることができなくて、懸命に跳ねている鳥たちの姿を眺めていた。どうせ、教室でわたしを待ってくれている人はいない。わたしが、いても、いなくても、きっとこの世界は変わらない。飯島さんたちの視線に肌をくすぐられながら、彼女たちのくすくすという笑い声に、耳を塞ぐことすら赦《ゆる》されない。暗くて、気持ち悪くて、可哀想。

わたしって、そんなに可哀想な生き物なのかな。

眼の奥がひどく熱かった。何度か鼻を啜《すす》って、叫び出したい衝動を堪《こら》えた。何度目かに掌で目元を拭った頃、いつの間にか鳥たちは飛び立って、わたしの前からいなくなっていた。取り残されたような気分だった。わたしはきっと、鳥たちとも、繋がることができない。

「あらあら、サボり?」

女のひとの声がした。

はっとして、顔を上げる。頬はまだ濡れているかもしれなかったから、顔中をぐしぐしと拳で拭った。校舎の陰から延びた水色のホースを手にして、花壇の傍らに女のひとが立っている。「すみません」わたしは慌てて立ち上がった。

「いいよ。たまにはサボらないとね」

彼女はそう言って、豪快に水を撒《ま》き始める。

なんの教科の先生だったかわからなくて、わたしはしばらく記憶を探っていた。

「怒らないんですか」

鼻歌を口ずさみながら、花に水をやっている先生の後ろ姿に、聞いた。

「怒る? どうして?」

先生は、ちらりと横顔を向ける。髪をシュシュで後ろに纏《まと》めた若い先生だった。

「休みたいときだって、あるよねえ」

わたしは、なんて答えたらいいのかわからなくて、そのままベンチに腰を下ろす。

「その花、なんていうんですか」

興味なんてなかったけれど、他に話すことも思いつかなかったから、そう聞いた。

「これは、八重ヒナゲシだよ。ここは寂しいからって、卒業生が植えてくれたの。ちょっと遅咲きなんだけどね」

わたしは、ふぅんと声を漏らして、先生の背中を眺める。彼女は、今日は暑いねぇ、と言いながら、ホースの先を地面に向けた。

「最近は雨も降らないから、こうしてあげないと、埃がすごくってね」

さぁっと撒かれた水を吸い込んで、地面が黒く染まっていく。心なしか、ひんやりとした空気が立ち上って、スカートの内側に入り込んでくるようだった。

「そうだ。いいものを見せてあげる」

振り返って、先生はいたずらっぽく笑った。そこに立って、と言われて、首を傾《かし》げてしまう。「いいから、そこに立って、こっちを見ていて」先生が、そう人懐っこく笑うので、わたしは言われた通り、彼女が指先で示した地面に立った。ここでいいんですか、と眼で問うと、先生はホースを大きく掲げて、空中に水を撒いていく。なんだか、はしやぐ子供みたいだなって思った。わたしは、ちょっぴり唖然《あぜん》として先生を眺めていた。

水の粒子が、風に運ばれてきて、肌を冷たく撫でていく。

「ほら、見て見て」

つられて、わたしは、先生が掲げるホースの先に眼を向ける。

うっすらと、儚《はかな》く。

そこに虹が架かっていた。

虹って、作れるんだ。

そのとき、はじめて知った。

「今日みたいな日なら、太陽の角度を計算すると、簡単に作れるよ」

なんだか、それが魔法みたいに見えて、わたしはしばらく呆然としていた。

「いつでも、遊びに来ていいからね」

先生は、地面に水を撒きながら言う。

「普段は、あそこにいるから」

すぐ側《そば》の窓を指さして、やわらかく微笑《ほほえ》む。

その場所に気がついて、ようやく思い出した。

このひとは、保健室の先生なんだってこと。

*

朝はいつも憂鬱《ゆううつ》な気持ちで目が覚める。

牛乳の臭いに満ちた雑巾で掃除をするようになってから、一ヶ月が経ち、二ヶ月が経った。わたしの指に、あの吐き気を誘う異臭が染みついていくようで、自宅でも学校でも、何度も石鹸《せっけん》を使って手を洗うようになった。洗った指先を鼻先に押し当てて、くさくない、くさくない、と何度も確認をする。だから、今朝も目を覚ましてすぐ、指先の臭いを嗅《か》いだ。それから布団の中でしばらく震えたあと、のろのろとそこから這《は》い出た。

毛布を除《の》けると、屋根を叩《たた》く雨音に気がついた。雨の日は尚更《なおさら》に、部屋から出ることも、学校に向かうことも億劫《おっくう》だ。それでも、着替えて、朝食を食べて、学校に行かなくてはならない。けれど、わたしって、どうして学校に行かなくちゃいけないんだろう。

誰か待っていてくれる人がいるわけじゃないのに。

飯島さんたちは、わたしのことをからかって笑うか無視するかのどちらかで、それは教室の外でも変わりなかった。飯島さんの人望って、すごいんだなって溜息が漏れる。教室の外の人間にまで、わたしにいやがらせすること、徹底させるなんて。

飯島さんは、わたしのなにが気に食わないんだろう。彼女たちはわたしのことを見て、暗いだの、じめじめしているだのと笑う。そりゃ、自分でも、そう思うこと、ある。だって、生きにくい人間なんだもの。人と話をするのって苦手だし、笑うのって難しいし、明るく振る舞うのって大変だから。勉強もできなくて、面白くもなくて、趣味もない。知っているよ、自分のこと。でも、彼女たちは、わたしのことを嫌いだからそんなことを言うのか、それとも、わたしがそんなふうだからわたしのことを嫌いになったのか、わからなくなってしまう。わたしが、もっとおしゃべりができて明るい子だったら、こんなふうにならなかったのかな。

わたしは不良品みたい。

どこかに、欠陥を抱えている。

部屋のカーテンを開けると、ざぁざぁと雨が降っているのにもかかわらず、柱から延びた電線に鳥たちが留まっていた。スズメが声を鳴らして、飛び立っていく。鳥って、雨の中でも気にしないで飛べるんだ。あんなにずぶ濡れなのに偉いな。それなのに、わたしはこの部屋から出て行くことすら億劫だった。それでも、お母さんが待っているから、溜息をひとつ吐いて、階段を降りていく。お母さんに、わたし、病気じゃないってこと、伝えないといけないから。

「さっちゃん」

朝食をお箸で突っついて、ぼんやりとしていたら、唐突にお母さんに声をかけられた。

わたしは、なに、と返事をして、お母さんの不安そうに歪んだ眉の辺りをじっと見ていた。

「さっちゃん……。最近、学校はどう？」

「どうって」

ウィンナーのかけらを口に入れて、テレビに眼を移した。今日の乙女座は十一位で、ちょっとした発言がトラブルの元になります、なにごとも忍耐の一日になるでしょうと書かれていた。

「学校、楽しい？」

わたしは、眼を落として笑った。

「まぁまぁ」

「それなら、いいんだけれど」

お母さんは、まだなにか言いたそうだった。

でも、わたしは、なんにも聞きたくない。

ご飯を三口と、ウィンナーをひとかけらで、胃の奥がひゅくひゅくと震えて、食道が土石流で通行止めになったみたいだ。もう食べられない、と感じてお箸を置いた。

「ちゃんと食べないとだめよ。さっちゃん、最近、朝ご飯、ほとんど食べないじゃないの」

「うん」

わたしは頷《うなず》いて、ダイエットしてるんだもんとお母さんに答える。用意した台本を読み上げるように、明るい調子で笑った。食卓を離れて、鞄《かばん》を手にする。わたしは大丈夫。わたしは普通。わたしは病気じゃない。洗面台の鏡の前で、おまじないのように繰り返し、そう言い聞かせた。ご飯をほとんど食べられなくなって、生理が乱れて、体重が何キロも減って、頬がげっそり痩せこけているとしても、わたしは大丈夫だから。わたしは、病気じゃないから。

だから、お母さん、そんな顔をしないで。

「さっちゃん」

玄関で、ローファーにつま先を通しているときに、お母さんに言われた。

「なにか悩み事があるなら、いつでも、お母さんに相談するのよ」

「はぁい」

玄関を出て、ざぁざぁと降り注ぐ雨粒に向けて、傘を開いた。

勢いよく、雨が傘の膜を叩いている。

相談だなんて、笑える。

お母さんに相談したら、わたし、病気じゃなくなるの？　くさくなくなるの？　暗くなくなるの？　可哀想じゃ、なくなるの？

わたしを、こんなふうに。

こんなふうに産んだのは、ねぇ。お母さんでしょう。

天気予報では、雨は午前中に上がるという。

けれど、この胸に降り注ぐ雨は、そう簡単にはやむ気配がない。誰かとすれ違うたびにくさいと顔をしかめられて、死ねばいいのにと笑われる。教科書をゴミ箱に棄《す》てられたり、プリントが回ってこなかったりすることもある。くちびるを噛みしめて教室を見渡せば、飯島さんたちが優しい笑顔で首を傾げる。「さっちゃんてば、どうしちゃったのぉ。悩みがあるなら、相談してねぇ」それから、牛乳でくさくなった雑巾を放り投げられて、わたしはそれをキャッチすることができずに、顔面で受け止めてしまう。教室中が大爆笑に包まれて、ひどい異臭に吐き気がした。くっせぇーっ、と男子たちが笑っている。牛乳と埃と髪の毛のミックスジュースで顔を汚したまま、わたしはくちびるを噛みしめる。どうして、どうして、と喘《あえ》いだ。

どうして、こんな日に遭わなくてはいけないの。

けれど、悪いのは、わたしの方なんだと知った。

掃除の時間が終わろうとしている頃、川島先生に声をかけられた。

「小町。ちょっと来なさい」

そう言われて、前を歩く川島先生の、ごつごつとした大きな肩を見ながら、廊下を付いていった。先生が連れて行った先は、職員室だった。パーティションで区切られた一角に黒いソファが置かれていて、「まぁ、そこに座りなさい」と言われた。わたしは胸の奥を締め付けてくる得体の知れない不安を堪えながら、黙って頷く。いったいなにを言われるのだろうと身体が震えていた。お昼のざわめきが遠のいたこの場所は、日常の景色からは隔離された牢獄のように感じられて、胃がきゅうきゅうと竦《すく》んだ。

「小町なぁ」

先生が言った。

「最近、教室に溶け込めていないなぁ」

わたしは顔を上げて、先生を見た。

「小町はなぁ、それじゃだめなんだよ。もっと自分から、積極的に、みんなの方に打ち解けていかなくちゃ」

先生はなにを言っているのだろうと思った。

「先生なぁ、小町みたいな子を、何人も見てきたんだよ。でもなぁ、だめなんだよ、小町みたいな子は。もっと努力して、頑張らないと。友達を作るにも、やる気を出さないといけないんだ」

先生は、わたしの瞳の奥を、じっと見つめて、何度も頷いている。

「協調性とか、意見を口にする力とか、今から身に付けておかないと、大人になって大変な思いをするんだ。黙ったまま隅っこでじっとしているだけじゃ、誰にも気持ちが伝わらないし、楽しくないだろう？　もっと努力してさ、うまく生きられるようにならないとな」

だから、自分から歩み寄って、みんなの輪に加われるように頑張ろうな？

開いた、くちびるが、塞がらない。

先生、なに言ってるの。

どうして、わたしが、

そんなこと、言われなくてはいけないの。

スカートの裾を摑《つか》んだ指先が硬く閉じて、爪が厚い生地越しに腿《もも》を抉《えぐ》り上げていく。眼の奥が沸騰するみたいに熱くて、身体中が溶けて蒸発してしまいそう。わたしは、開いたくちびるをわななかせて、熱心な眼差しを向けている先生の瞳を、見返す。

悪いのは、わたしの方なの？

わたしが、人見知りするから。わたしが、暗いから。わたしが、じめじめ、しているから。だから牛乳まみれの雑巾を絞って、くさいとか死ねとか可哀想とか、言われないといけないの。わたし、そんなに、可哀想な子なの？

「どう、して」

言葉は、震えて、うまくくちびるから出てきてくれなかった。

わたしは俯いて、ぎゅっと瞼《まぶた》を閉ざす。必死に、必死に、固くなったくちびるを閉ざして、掌を押し当てた。そうでなければ、叫び出しそうだと思った。

「どうした？」と川島先生が言った。「ほら、言いたいことは、きちんと言わないとだめだろう？　黙っていると、みんなにも、先生にも、伝わらないんだから」

小町はさ、そんなふうに自分の主張を通さないでいるから、男子にちょっかいをかけられたりするんだよ。もっと飯島みたいに明るい子を見習ってさ、教室の雰囲気を盛り上げて、みんなと仲良くなれるようにしようよ。なぁ？

協調性ってなんですか。みんなで、わたしのことを無視して、すれ違うたびにくさいって言葉を合わせることですか。教室の雰囲気を盛り上げるってなに。牛乳にまみれた雑巾を頭から被《かぶ》って爆笑されることですか。わたしの気持ちが伝わらないから、だからみんな、わたしのこと死ねって言って笑うんですか。わたしが努力していないから、わたしが生きにくい人間だから。

「失礼しました」

このくちびるから掠れるように出た声音はひどく小さくて、きっとその弱々しさも、川島先生は気に食わなかったのだろう。呆れたような、諦《あきら》めたような表情で、わたしを見ている顔が視界の端に映った。先生の視線を振り切りながら、大きな声を出せなくて、ごめんなさいと喘いだ。小さな声しか出せなくて、ごめんなさい。明るくなくて、ごめんなさい。暗くて、じめじめしていて、自己主張がなくて、ごめんなさい。

職員室を出て、廊下を黙って歩いた。くちびるを閉ざしたまま、お腹の奥で轟々《ごうごう》と蠢《うごめ》いている不快感を抱えて、頬に力を込めたまま、それが溢れ出ないように、必死に歩いた。

雨はいつの間にかやんでいて、薄くぼんやりとした灰色の雲の狭間《はざま》から、太陽の光が眩しく透けている。

雨に濡れたベンチに、腰を下ろす。どうせスカートは、ミックスジュースで汚れてしまう。空から降る雨のしずくの方が、きっと綺麗だ。花壇に咲いている花たちが、水滴を帯びて艶《つや》やかに風に揺れていた。

わたしは、どうしてここにいるんだろう。どうして、いやな思いをして、こんな目に遭ってまで、教室に足を運ばないといけないんだろう。

決まってる。病気なんだって、認めたくなかった。

お母さんに、わたしは病気じゃないんだって、わたしは、普通なんだってこと、訴えたかった。

普通の子はきちんと学校に通う。友達と遊んで、ばかなことをして騒いで、おしゃべりをして。帰り道を一緒に歩いて、家に遊びに行ったりして、楽しんでいる。だから学校に行けない子は、普通じゃない。なにか事情を抱えている可哀想な子だ。普通とは違う生き方なんだ。

わたし、普通に、なりたかった。

「小町さん」

顔を上げると、少し離れたところに長谷部《はせべ》先生の姿があった。先生は花壇に背を向けて、小さく首を傾げながら、わたしのことを見ている。雨が降って、花にも、地面にも、水をやる必要はないのに、先生はそこに立っていた。

「今日も、サボり？」

わたしは、身を護《まも》るみたいにして、両手で肩を抱きながら俯いた。先生は、そっか、と声を漏らす。そうだよね、こんな天気の日は、休みたくなっちゃうよね、と言った。

「先生は、怒らないの」

それは前にも訊《たず》ねたことだったけれど。

「怒らないよ。先生だって、仕事したくないとき、いっぱいあるもん」

俯いた視界には地面が広がっていて、先生の姿は映らない。けれど、普通は怒るでしょうとわたしは言った。お母さんだって、お父さんだって、学校にはきちんと行きなさいって怒る。川島先生だって、サボるんじゃないって怒鳴るでしょう。濡れた地面を眺めながら、わたしは聞いた。

「どうして、わたしたち、学校に行かなくちゃいけないの」

どうして学校に行くことが、普通のことなの。

「どうしてだろうねぇ」

先生は、心底不思議そうな声を漏らして、そう繰り返した。

先生にも、わからないなぁ。

頼りない返事だった。先生は花壇の傍らに屈《かが》み込んで、咲いている花に手を伸ばしていた。

「教育を受けるのも、教育を受けさせるのも、あたしたちの決めた仕組みだから、かなぁ」

「法律で、決められてるからってこと？」

「うん、まぁ、そうだね」ちらりとだけ、先生はわたしの方を見て笑う。「けれど、不思議だね。勉強をするだけなら、学校じゃなくても、できるのにね。どうしてあたしたちは、小町さんたちを、学校に押し込めようとしちゃうのかな。無理矢理、閉じ込めちゃうみたいで、行きたくなくなっちゃうことも、あるのにね」

先生は立ち上がって、曇った空の間を割って輝いている太陽に、顔を向ける。

「世界はこんなに広くて、どこにだって繋がっているのに。ほんとうに、どうしてあたしたちは、小町さんたちを、狭い世界に閉じ込めようとしちゃうんだろう。本当にごめんね」

どうして、先生が謝るんだろう。

わたしは、誰かの手で、この場所に閉じ込められているんだろうか。

先生とか、法律とか、大人とか、そういう大きな存在の手によって、無理矢理、押し込められているんだろうか。あの小さな教室に、たまたま住んでいる場所が近いっていう理由だけで、赤の他人が三十人も閉じ込められている。逃げ出すことはできない。飛び出す自由もない。同じ制服を着て、同じ方角に顔を向けて、同じ陽射しを浴びながら、同じ問題に取り組んで、同じ生き方を強要されている。

とても滑稽《こっけい》で、とてもおかしな場所だと思った。

だから、ごめんねと先生は謝るのかもしれない。

誰かが決めたその仕組みに代わって。大人の立場を代表して。

「先生」

わたしは、ベンチの上で膝を抱えた。スカートの裾から覗いた膝をかき寄せて、そこに顔を埋める。わけがわからずに、涙が溢れていた。

わたしは言った。

「先生、虹を架けて」

あのときみたいに。この曇った心へ、虹を架けて欲しい。

魔法を見せて欲しい。

先生は言った。

「虹は、小町さんにも、作れるよ」

＊

十二月になった。

冬の空には、虹が架かりにくいのかもしれない。なんとなく、朝は窓を開けて空を見上げるのが習慣になっていた。今朝はベランダから顔を覗かせても、ざぁざぁと降り注ぐ雨のつぶてに頬を叩かれるだけで、空はどんよりと曇っている。しぶき雨の冷たさと、冬の冷気とに身体を包まれて、もう、このまま風邪を引いてしまえばいいのになぁって、いつも思う。そうしたら、体温計は三十七度を示して、学校を休んでも普通なんだってこと、お母さんに教えてくれるのに。けれど雨の中でも飛び立っていく鳥たちの姿を目にすると、休んでいられないなぁって重たい吐息が漏れた。

負けたくない。逃げたくない。お母さんに、心配をかけたくない。

だから、教室でわたしのことを待ってくれている人がいなくても、学校に行かなくちゃならない。

朝の食卓は、いつもお母さんの視線が痛くて、だから黙ったまま、わたしはお箸を動かし続ける。

テレビのニュースが切り替わって、自殺した中学生の男の子の話が流れた。お母さんはチャンネルを替えた。そのリモコンに手を伸ばして持ち上げる動作は、わたしの胸を串刺しにする。替えたチャンネルの先でも、同じ話題が繰り返されていた。いじめを苦にして自殺。学校側はいじめがあったことを把握しておらず、事実関係を慎重に確認しているところだ、と記者会見の映像が流れていた。画面全体にモザイクが掛かっていて、啜《すす》り泣いている女の子たちの輪郭がぼんやりと浮かんでいる。優しい子でした。信じられないです。悲しいです。お母さんは、またチャンネルを替えた。わたしはお箸をテーブルに置く。

あそこに映っていたのは飯島さんたちだ。唐突に、そんなことを考えた。もし、わたしが自殺をしても、結局のところそうなるだけなんだろうと思った。川島先生はなんにもわかっていないから、きっと慎重に事実確認をして、結局なんにも見つけられない。飯島さんたちは、テレビのカメラに向かって、目元を覆いながら啜り泣く。友達でした。よく一緒に遊んでいたんです。信じられないです。帰ってきて欲しいです……。

たまらなくなって、席を立つ。

どうすれば戦えるんだろう。

逃げたくない。学校を休むことも、自殺することも、したくない。

けれど、それじゃ、どうしたらいいの。

もう、耐えるのは、苦しいよ。

玄関で靴を履いているとき、お母さんの視線に背中を刺された。わたしは、大丈夫だから、と心の中で呟《つぶや》く。わたしは普通。わたしは病気じゃない。わたしは学校に行ける子だから。

だから、お母さん。

不安に、思わないで。

「さっちゃん」

わたしは傘を手にして、お母さんの言葉を遮《さえぎ》る。

「行ってきまーす」

そう声を上げて、雨の中に飛び出していった。

通学路は、傘で身を護るようにしながら歩いた。女の子たちの後ろ姿に追いついたりしないように、歩調を調節して距離を取りながら。一人で歩くのは慣れている。今も昔も、それは変わらない。だって、わたしは誰とも繋がれない人間。笑わないで。ばかにしないで。くさいって顔を背《そむ》けないでほしい。近付いたりしないから。俯いて眼を合わせないようにするから。だから、死ねなんて言わないで。

傘を握る手に、力を込める。バチで叩くように、雨粒が傘の膜を鳴らしていった。

昇降口で上履きに履き替えて廊下を少し歩いたとき、川島先生とすれ違った。

ざわざわと胸が波立って、息を吸うのが難しかった。

「小町、おはよう」

先生が、野太い声でそう言った。わたしは怖々《こわごわ》と眼を上げて、小さく頷く。

掠れた声で、おはようございますと言った。

「もっと、大きな声で挨拶しなさい」川島先生は笑っている。「朝の挨拶は一日の基本だからなぁ。おはようって自分から声をかけていけばいいんだ。先生は、小町には、そういう生きる力を身に付けて欲しいんだ。だから、頑張ろうな」

そう、肩を叩かれた。

大きな声で、おはよーっ、って上がる声音の数々。ぱたぱたと駆けていく上履きの騒がしさ。女の子たちの楽しそうなおしゃべり。男の子たちのげらげらとしたばか笑い。

普通じゃ、なくて。

ごめんなさい。

肩越しに、廊下を振り返る。先生は奥まで進んでいて、飯島さんと話をしていた。先生、おはよーっ、って親しげに声をかけている飯島さんの横顔は、エネルギーに溢れていて、先生は楽しそうに、飯島さんとおしゃべりをしていた。わたしを見るときの、呆れたような、困ったような表情とは違っている。

先生は、きっと、わたしのこと、努力が必要で、可哀想な子だから、声をかけるんだ。飯島さんは、可哀想じゃなくて、努力が必要ないから。だから、あんなふうにおしゃべりをして、二人で笑っているんだと思う。間違っているのは、わたしの方で。改善するべきは、わたしの方で。わたしが、努力が足りないから。頑張っていないから。

生きにくい子だから。

教室に入ると、自分の机がなくなっていることに気が付いた。

わたしは、そのぽつんとした空間で、足を止める。教室のみんなの視線が肌を撫でていって、くすくすという笑い声が、耳の奥まで這いずってくるようだった。わたしは、拳を握りしめる。俯いて、必死に堪えた。だめだ。動揺したら。慌てたら。泣いてしまったら。わたしが泣いたら、きっと彼女たちは手を叩いて、声を上げながら楽しそうに笑うだろう。教室は爆笑の渦に包まれて、その協調性と一体感に、圧倒されるだろう。

くちびるを噛んで、視線を巡らせる。窓の外のベランダ。雨が叩き付けている中に、机と椅子があるのを見つけた。わたしはベランダに出て、冷たい雨に身体をさらす。髪も肌も制服も、瞬く間に濡れていった。びしょ濡れになって黒く変色した机と椅子を、二度に分けて自分の位置に運んだ。自分の位置。教室の位置。わたしの居場所。本当に、わたしはここにいるのかなぁって、考えた。本当に、ここが、わたしの居場所なのかなって。

もしかして、それって、間違いないのかもしれない。

「ちょっとぉ。誰なのぉ、男子でしょぉっ」

飯島さんが声を上げて笑う。

「ひどーいっ！」女の子たちが続いた。「そういうの、やめなよぉ。いくら机まで臭うからって、雨にさらすなんてさぁっ！」

哀れで。暗くて。可哀想なわたしを。

庇うようなふり、しながら。女の子たちが笑っている。

「ほら、ネクラちゃん。これで拭いてあげる」

あの雑巾を手にして、飯島さんが、わたしの髪にそれを擦《こす》りつけてくる。

生きにくい子。

「そんなの、仕方ないじゃない」

喘ぐように、呟いた。乾いた雑巾にこびり付いた牛乳と埃とワックスの臭いが、鼻を突く。雨に濡れた髪を、ごしごしと乱雑に拭う感触に、身体を揺さぶられながら、わたしは呟いた。

もう、限界だった。

そんなの要らない、と思った。

生きる力。友達を作る能力。おしゃべりの上手さ。協調性。積極性。個性。どんな言葉でもいい。なんでもいい。とにかく、そんなもの、要らないと思った。

「そんなの、仕方ないじゃないっ！」

髪に触れている手を、振り払う。

両手を、雨に濡れた机に、強く打ち付けた。

根暗？　暗い子？　人見知り？　そんなの、仕方ない。仕方ないじゃんっ！

「これが、わたしなんだからっ！」

牛乳雑巾を握っている飯島さんを、突き飛ばした。わたしは鞄を摑んで、教室から駆け出す。誰の顔も見ることができなかった。誰の言葉も聞きたくなかった。ただ、必要ないと思った。

あんな人たちに、合わせるための力なんて。

そんなの、要らない。

要らない。

わたしは可哀想じゃない。不良品じゃない。間違っていない。

わたしは、

「わたしはっ、生きにくい子じゃ、ないっ！」

駆けながら、わたしは叫んでいた。上履きを履いたまま昇降口を飛び出して、雨の中を打たれながら、ひたすらに走った。

途中の道で転んで、制服は泥まみれ。

熱く沸騰した眼球から、涙がぼろぼろと、雨のように落ちていく。

お母さん、ごめんなさい。

わたしは、もう、学校に行けません。

＊

カーテンに覆われた窓の向こうで、鳥たちが静かに囀《さえず》っている。

頭まですっぽりと毛布にくるまって、両脚を抱えるようにしながら瞼を閉ざした。

身体が腐っていくみたい。眠り続けることを繰り返して、筋肉は痛みを訴えていたけれど、眠るほかにすることとって、あんまりないんだから仕方ない。それでも、自分の部屋にテレビがあって良かった。ご飯を食べたり、トイレに行ったりするほかは、お昼のバラエティ番組を眺めたり、再放送のドラマを観たりして時間を潰した。薄暗い部屋に閉じこもって、誰とも関わらないで、寝たり起きたりを繰り返している毎日は、自分が本当に誰とも繋がれない人間なんだってこと、実感するようで、ときどき身体を掻きむしりたくなる。夜に涙を堪えきれずに、叫びたくなる。

学校に行くことをやめて何日も経っても、お母さんはなんにも言わない。それでも、ご飯を食べるとき眼が合うたびに、なにか言われるんじゃないかって息が震えた。さっちゃん。どうしたの。学校でなにがあったの。お母さんに教えて。お母さん、先生に連絡するから。相談するから。だから、教えて。いつか、そんなふうに問い詰められるんじゃないかって、怖くてたまらなかった。

だって、聞かれたら、答えなきゃならないから。この惨《みじ》めさを。わたしは根暗で。みんなをイライラさせる性格で。飯島さんのメッセージを無視するような、ひどい人間だから。だから、みんなにひどいことをされていましたって。説明しないといけない。

それは、生きにくさを証明するようなものだった。

だから、布団の中で、こんなふうに腐っていくしかない。

悔しい。

涙が溢れて、鳥たちの囀りを耳にしながら、嗚咽《おえつ》を堪えた。

しばらく眠ったあと、携帯電話で時間を確認した。いつの間にかお昼を過ぎていた。

メッセージを運んで、どんなときでも友達と繋がってくれるアプリは削除してしまった。数分の間に、何百回も受信を告げて、牛乳や排泄《はいせつ》物のアイコンが雪崩《なだれ》のように溢れていく、わたしたちの繋がり。どうして、今まで消さなかったんだろうなって考えた。

たぶん。わたしは繋がっていたかった。

飯島さんでもいい。千恵ちゃんでもいい。誰でもいいから、繋がっていて欲しかった。いつか、ごめんねって。いつか、もう終わりだよって。

夏休みの前。教室の中、誰とも繋がることができなくて、途方に暮れていたわたしと一緒に遊んでくれた思い出は、だって、消えようがない。あのときの嬉しかった気持ち、楽しかった記憶は、本物だったのだから。

「さっちゃん」

扉を叩く音がして、息を潜めるように押し黙った。けれど、お母さんが扉を叩く音は止まらない。

「さっちゃん。あのね」

扉の向こうから、戸惑うような、お母さんの声が漏れ聞こえる。

「先生が、来て下さったの」お母さんはそう言った。「さっちゃん、どうする？　会える？」

心臓が止まると思った。ぞっとして、身体中に鳥肌が湧き出る。

「ねぇ、さっちゃん……」

「いやっ！」

わたしはそう叫んで、更に深く、毛布で身を護る。

「でもね、せっかく来て下さったんだし、いつまでも、そんなふうに閉じこもっていたら……」

「いやだっ！　帰ってもらってよ！」

そう唸った。しばらくの間、お母さんは扉の前に立っていたようだけれど、諦めたのか階段を降りていく。

玄関は、階段を降りてすぐのところにある。お母さんの話し声が聞こえた。

それから。

「小町さぁーんっ」

柔らかな声が、子供が呼びかけるみたいに、いっぱいに響いた。

友達の家を訪ねて、あーそーぼ、と言葉をかけるときのような、気さくな声だと思った。

長谷部先生だ。

わたしは毛布から、身を起こす。

「はせべ、りょうこでーす。小町さんに、会いにきたよーっ」

そう名乗る声は、なんだか間抜けな抑揚に聞こえる。

怖々と、扉まで近付いて。けれど、そこを開けて確かめる勇気が出ずに、じっとしていた。

応えなければ、先生は帰ってしまうのに。

こんな恥ずかしい姿、見られたくなかった。

階段を上る足音がする。わたしは呼吸を止めて、軋《きし》む板の微《かす》かに伝わる振動を感じていた。

「小町さん」

先生が入ってこられないよう、扉に背を押し当てて、わたしはそこを塞ぐ。

「あのね、小町さん。先生、アイス買ってきたんだけれど、食べる?」

そんなことを、言われた。

こんな寒い日に、アイス?

なんて答えたらいいのか、わからない。

「食べたくない? それなら、お母さんに預けておくね。ハーゲンダッツだから、美味《おい》しいよ」

わたしは、震える指先で、口元を覆う。声を、呼吸を、聞かれたくなくて。

「あのね、小町さん」先生は言った。優しい声だった。「ごめんね。つらかったね」

どうして。

ずるずると、わたしはその場にしゃがみ込んだ。

掠れた声が、うめくように漏れてしまう。

「どうして、先生が謝るの」

扉越しに、先生の声がする。

「大人だから、かなぁ」

それから、先生の気配が動いた。微かな振動で、腰を下ろしたのだとわかった。薄い扉に、背を押し当てて。

わたしたちは、背中合わせ。

「先生たちは、小町さんたちを、あの狭い場所に、無理矢理閉じ込めてしまっているから」

あの狭い場所。息苦しい教室。赤の他人の集まり。

「先生」

わたしは聞いた。

「先生。わたしたち、どうして学校に行かないといけないの」

「それは、勉強をするためだよ」

「それじゃ、どうして、勉強なんて、しないといけないの」

そうだね、と先生が頷くのが気配でわかる。少し時間をかけて、先生は言った。

「いつか、小町さんがなりたい仕事や叶《かな》えたい夢を見つけたとき、後悔しないようにするためなんだ。そして、小町さんがこの広い世界で生きていけるように」

なりたい仕事なんてない。叶えたい夢なんてない。わたしはうめいた。

「学校で覚えることは、料理の食材と一緒なんだ。なにか食べたいものを作ろうとするとき、冷蔵庫が空っぽだと、なんにも作れなくなっちゃうでしょう。もしかしたら、使うことなんてないかもしれない。そのまま腐って使えなくなってしまうかもしれない。

けれど、食材をいっぱい詰め込んでおかないことには、作れる料理は限られてしまう。だから、小町さんは食材を買ってきて冷蔵庫に入れる必要があるし、先生たちはその手助けをしてあげないといけないんだ」

「そのために、学校に行かないと、いけないの」

「そうだね。不思議だね。学校に行かなくても、勉強はできるのにね」

「でも、わたし、行けない。もう、絶対に、あんなところ、行きたくない」

膝を抱えて、そううめいた。

先生は、けれど、あっさりと言った。

「うん。そうだね。先生は、それでいいと思う」

拍子抜け、した。

わたしを、学校に行かせようとして、来たのだと思ったから。

「小町さんは、学校に行けないんじゃないよ。学校に行かないだけ。先生は、そういう生き方があってもいいと思う。本当は勉強をするのに、教室に閉じこもる必要なんてないはずなんだ。学校が世界のすべてじゃないんだよ。世界は、うんとうんといっぱい広くて、なにかを学ぶ方法も、人と繋がる方法も、学校の外にはたくさんたくさんあるんだ。どんな生き方を選ぶのも、本当は小町さんの自由なんだよ。学校に行かない生き方だってある。それが普通のことなんだ」

普通の、こと。

学校に行かないのも、普通のこと。

長谷部先生の声は、歌うみたいに優しくて、背を密着させた扉の隙間から、柔らかな風のように、温かく室内に入り込んでくる。わたしは膝を抱き寄せて、そこに額を埋めながら、声にならない言葉でうめいていた。

「でもっ……」声が溢れた。言葉が、悔しさが、零れ出て。わたしの身体を突き破ろうとする。暴れようとする。ずっとずっと抑えて、しまい込んでいた気持ちが、とめどなく言葉になっていた。「わたしっ、悔しいっ、悔しいよっ……！　ほんとうはっ、わたしだって、わたしだって、学校に行きたい！　学校で、友達を作って、普通に勉強したかったたっ！　普通に、みんなと一緒にいたかったたっ！　それなのに、どうしてっ、どうして、わたしが、わたしだけがっ……！」

教えて。

教えてよ、先生。

どうして、わたしだけ。

「そうだね。悔しいね。ほんとうに悔しいね。先生も悔しい。小町さんは、なにも悪くないのにね。どうしてなんだろうね」

先生は、答えを教えてくれなかった。けれど、わたしがうめいて、喘ぐときのように、本当に悔しそうに、歯痒《はがゆ》そうに、言葉を伝えてくれた。

「負けたくない。逃げたくないよっ。それなのに、悔しいっ、悔しいよぉ……！」

止めどなく、涙が溢れた。声が暴れた。唸るように吠《ほ》えていた。わたしは大声でみっともなく泣きながら、先生の静かな言葉を聞いていた。

「小町さんは、負けてもいないし、逃げてもいないよ」

そう教えてくれる言葉は、もっともっと、たくさん、わたしの涙を誘う。

「学校へ行くことに、勝ち負けなんてないから。今はただ、ちょっと他のひとと噛み合っていないだけなんだ。でも、いつか、みんなが自分の間違いに気が付いて、小町さんが、みんなのことを赦せるときがくる。それまで、先生が一緒にいるから」

先生の、歌うように柔らかな言葉を聞きながら。

わたしは、こんなに泣いたの、初めてかもしれないっていうくらいに、大声で泣き続けた。

＊

雨が降っている。

鳥たちは、それでも囀り、健気《けなげ》に羽ばたいているけれど、きっとどこかには羽を休めて鳴いている子もいるんだろう。時刻は午前十一時少し前。普段とは違うテレビ番組が流れている。占いをしてくれそうなところはあるかなぁって、チャンネルをいくつか変えてみたら、バラエティ番組のスタッフロールと共に、星座占いの結果をキャスターのお姉さんが読み上げてくれているところだった。なんて絶妙なタイミング。しかも、乙女座は第一位。新しいことに挑戦するのに最適な日。思いがけない出逢いは、あなたを変えてくれるチャンスになるかも？　ラッキーアイテムは卵です。また来週！

卵かぁ。今朝は卵を食べなかったなぁと少しだけ後悔した。それから、卵にまつわるこんなおまじないを思い出す。ゆで卵の殻《から》を、白身に傷をつけることなく、綺麗に剝《む》くことができたら、その日は幸運が訪れるのだという。星座占いや、おまじないは好き。どんなに不安な朝でも、なにか良いことがあるんじゃないかって、期待を持てるようになれるから。わたしは不器用だから、うまくいったことってないんだけれど、ゆで卵、挑戦してみようかな。

椅子に載せていた鞄を肩に掛けて、お母さんに頷く。

「さっちゃん。大丈夫？　雨が降っているし、送っていこうか？」

「大丈夫」

わたしは頷いて、廊下を歩く。それから、不安そうに見守る視線をうなじのあたりに意識して、心の中で謝った。お母さん、ごめんなさい。

普通じゃなくて、ごめんなさい。生きにくい子で、ごめんなさい。

学校に行かなくて、ごめんなさい。

それでも、わたし、

「いいのよ」

お母さんが、言った。

「さっちゃんは、さっちゃんなんだもの。好きなふうに生きてくれれば、お母さん、それで嬉《うれ》しいの」

靴を履いて、玄関に立った。

歯を食いしばって、堪えているなにかを堰《せ》き止める。

「うん」

お母さんを振り返った。お母さんは、笑っている。

「行ってきます」

傘を手に、そう告げた。

「行ってらっしゃい」

保健室は、日向《ひなた》の匂いで満ちていた。

パーティションで仕切られた空間は、思いのほかゆったりとしていて、スチールの机の上には、たくさんの教科書とノートを広げることができそうだった。先生に誘われてその場所に足を踏み入れたわたしは、そこで退屈そうに勉強をしている女の子を見つけて、少しばかり戸惑った。ショートカットの気の強そうなその子は、わたしの方を一瞥《いちべつ》して、気まずそうに眼を背けてしまう。

「ほら、なっちゃん。ちゃんと挨拶するの」

先生にそう促されて、その子は、やっぱり面倒そうに、わたしのことを見る。

「岡崎《おかざき》ナツです。よろしく」と言った。

わたしは、深呼吸をするみたいに、小さく息を吸う。

「はじめまして。小町サエです」

　心臓が、ばくばくと鳴っている。うまくやっていけるかな、大丈夫かな、嫌われないかな。不安でたくさん、心が満ちていった。また根暗って思われたらどうしよう。イライラさせてしまったらどうしよう。仲良くできなかったら、どうしよう。

　昼食の時間だった。なっちゃんに案内させるけれど、給食、取りに行ける？　と先生が聞いてきたけれど、わたしは岡崎さんとの距離を測りかねて、パーティションの脇にあるベッドに腰掛けたままじっとしていた。なんて話し掛けたらいいだろう。大丈夫、大丈夫だからと何度も自分に言い聞かせる。女の子がいるということは、先生に聞いていた。聞いていたからこそ、わたしはここに来たんだと思う。

学校に行かなくてもいい。長谷部先生はそう言ってくれた。学校に行かない生き方もある。それも普通のことなんだって。勉強をしたければ塾に通ってもいい。インターネットで学んでもいい。趣味や習いごとに、たくさんの時間をつぎ込むことだってできる。抱えきれないほどの本を読んで、学校では教えてくれない知識を身に付けるのも素敵なことだろう。この身体がもう少し成長したら、働くことだってできるし、世界を旅することだってできる。なにもしたくないなら、部屋にこもって、少しの間休んでいてもいい。それは普通のことなんだ。

わたしたちは自由だ。学校だけが、わたしたちの世界ではない。

この場所は、先生が示してくれた、たくさんの選択肢の中のひとつ。学校の中にあるけれど、わたしが行かないと決めたあの場所とは違う、優しい静けさに満ちている。わたしは、ここで戦いたい。いつか先生の言うように、飯島さんたちを赦すことができて、教室に戻りたいと願うときが来るのかどうかはわからない。それでも、わたしは、わたし自身と戦いたいと思った。

わたしは、わたしなんだって。

声を上げ続けたい。

わたしは、わたしのままで、誰かと繋がっていたかったから。

大丈夫。きっと仲良くなれる。

「ねぇ」

声をかけようとした瞬間に言われて、はっとした。

「食べる？」

目の前に、岡崎さんが立っていて、その指先に銀色の小さなボールを摘《つま》んでいる。なんだろう、と眼を丸くしていたら。

「ゆで卵だよ」

彼女の差し出した卵を、両手で包んだ。

胸に抱える。

岡崎さんを見上げた。

「ありがとう」

虹は、作れるよ。

わたしは生きにくい子なのかもしれない。それでも、こうして生きているから。

ときどき、激しい雨に打たれて、挫《くじ》けそうになるけれど。少しくらい、休んだっていい。雨宿り、したっていい。雨に濡れた、こころが晴れるまで。

わたしは、卵をくれた友達に笑いかける。

「ねぇ、知ってる？　ゆで卵の殻を、最後まで綺麗に剝くとね――」

解説

春名風花

まるで他人と自分をくらべて絶望するために、学校に通っているみたい。泣いてもわめいても駄々をこねても何をしても可愛い可愛いと褒めてくれた親でさえ、よその子と私をくらべてる。そりゃそうか。同じ地域、同じときに生まれた同じ歳の子達が、ほうらどれがいいですか？　くらべてください！　といわんばかりに、ショーケースに並んでいるんだもん。何もしなくても順位がついて、何もしなくても、比較されているようで恥ずかしい。外になんて出なければずっとお姫様でいられたのに、どうして学校なんてあるんだろう。

そう思っていた時期が私にもありました。嫌だったなあ。でもあの頃、絶望していたのは自分だけじゃなかった。地味な子も派手な子も、不安な気持ちはみーんな同じだった。私が自信をなくして悩んでいた頃、どの子もきっと他人と自分をくらべて悩んだり、焦りや苛立ちを感じたりしていたんだと思う。

同じ箱庭、ぐらぐらな私達。もっと踏み出せば、何かが変わったかな。

いま学校に通っているあなたへ。この本の中にはあなたや、あなたの知っている女の子がたくさん住んでいます。あの子やあの子の心の中を、ほんの少しのぞいてみませんか。ハッピーエンドではないけれど、すべて、ほんの少しの救いと共に終わる短編集。どうか、あなたの絶望が救われますように。

☆　☆　☆　☆

「ねぇ、卵の殻が付いている」

卵の殻を剝《む》くナツとサエ。二人は保健室登校。この物語の語り手であるナツの方が、サエよりも半年ほど前からここにいます。誰も笑ったりしない、楽しい二人だけの教室。けれどサエは「わたし、来週から教室に戻ろうと思うんです」と言い出します。自分と同じ立場だと思っていたサエの変化を、ナツは受け入れる事が出来ず……。

☆人から逃げてきたはずなのに、やっぱり人を求めてしまう。本当は少女まんがみたいな学校生活がしたいと思ってるのに、どうして私達は、自分で自分の価値を決めてあげられないのだろう。どうしてもっと、自分に優しくしてあげられないのだろう。クラスメートが見た「わたし」が、そのままわたしの評価になる。苦しいよ。わかる。中学生って、そんな時期。

☆この物語中、語り手ナツの目を通して見るサエはとても綺麗で、素材がいいとまで言われてる。でも実はこの作品は巻末・そして表題作の「雨の降る日は学校に行かない」と対になっている。「雨の～」の語り手はサエ。そこでのサエはとてもみすぼらしい少女として描かれている。どちらが本当のサエかは、読者である私達には分からないけれど、少なくとも「サエを好意的にみる者から見た彼女はとても美しく」「サエを仲間と認めたがらない者から見た彼女はとても醜い」ということは分かります。

☆ナツがここへ来た直接の理由は書かれていません。掃除を押し付けられた。何となくくすくす笑われた。特に何かをされたわけではないけれど、確実にスクールカースト最下位ってやつ。あそこに居場所がないから、息をする空間がないから、押し出されてここにいる。

☆他人からの評価で自分の価値をはかっていると、いつかは自分を見失う。他人から嫌われない事だけを目標に、怯えて生きるようになる。一度自分を見失うと、もう保健室の外へすら出るのが怖くなる。全ての目が自分を品定めしては、笑っているように感じるから。

☆一人で保健室を卒業してしまったサエを追って、校内を歩くナツ。サエに一言謝るために、学校の中を歩く。どれだけ心細かっただろう。この場面が一番キツい。「脚は震えて、前に踏み出すごとに、もつれて転びそうになる。」「胃が痙攣《けいれん》して、喉からなにかが込み上げてきそうになる。」「喘《あえ》ぐように廊下を歩いている」ただ中学生の女の子が、何の危険もない中学校の校舎内を、ただ保健室から理科実験室に行くだけの事なのに、今まで読んだどんなサスペンスよりも読んでいて胸が詰まった。

☆歩いているうちに、ナツは自分が確かにこの学校に「いた」事を思い出す。自分からその存在を消してしまっていたことを。なぜ保健室登校になっても、一年間学校に来ていたの？　本当に、誰にも気づかれたくなかったの？　本当は、本当はどうなの？　サエとの再会、別れ、そして忘れてしまっていた「自分」との再会。

☆私は、これはナツとサエの友情をテーマに描いたようでいて、サエも、保健室の長谷部先生をも単なる背景とした、「一人の少女が記憶を取り戻す物語」なのではないかなと感じている。

☆自分さえいれば外は怖くない。アンパンマンじゃないけど(笑)もしも一人になっても、自分が自分を愛して勇気づけてくれる。サエとナツは二人で一人だったけど、それぞれが自分を取り戻す事で、これからはちゃんと二人で手を繋げる。綺麗な卵は2つできる。そう思わせてくれる、素敵な物語でした。

「好きな人のいない教室」

中二のクラスは派手な子や可愛い子ばかり。いわゆる女子らしい女子が、メイクの話、恋バナ、と、一斉に背伸びしはじめる。その中で、幼い「森川なこ」は気後れ気味。大人しくて、真面目で、恋もしたことがない彼女は、クラスの女子達からちょっとだけ浮いて、その事をからかわれてしまいます。よりにもよって、隣の席の地味な岸田君との仲を囃《はや》し立てられるなんて……。

☆どうしてクラスの派手グループの女子って、自分たちから見てイケてない男子とイケてない女子をくっつけたがるんだろう。あれ本当に何がおもしろくてやっているんでしょうか。私も派手グループに属した事がないので彼女達の心理が分からないんですが、まわりもリアクションに困るし、他のいじめとちょっと違うのは、止めたら止めたで今度は「嫉妬？　三角関係？」とか全く的外れな事を言い出されるので、なかなか迂闊に口を出す事もできないところ。何なんだあれ。週刊文春気取りなんだろうか。迷惑なので、本当にやめて欲しいです。

☆森川さんは気づくのが遅いけど、岸田君は初めから格好いい。あれだけ茶化されて「何も言わない」って、難易度高い。岸田君に限らず、男子ってこういうくだらないことには、結構冷静に対処できる子が多い気がしませんか？　本命とかお目当ての子と噂になったら動揺するんですけど。それで行くと森川さんと岸田君はそういう風にはならないな（笑）

☆黙って闘う岸田君、毅然と生きることを決めた森川さん。普通、少女まんがだったらベタな恋愛がはじまるところだけれど、そうじゃなく、少年まんがみたいな「友情」が結ばれていく。「ねぇ、ノートを見せてよ」ラストは思わず拍手したくなるくらいカッコいい。あー、男女の友情っていいよね。この物語が一番好きです。

「死にたいノート」

「わたしは理由を探している。だって、こんなにも死にたい気持ちに陥るのに、わたしはそれに相応《ふさわ》しい理由を見つけられないでいる。」藤崎涼はそんな気持ちをノートに綴っている。死にたい、という結論ありきのノートだから、そこに至る理由は嘘だらけだ。いいの、誰にも見られる事がないノートなんだもん。それをある日、人気者の河田さんに拾われてしまい……。

☆藤崎さんみたいな女子は多い。なんとなく死にたくて、理由を探している女の子。聞けば、中学生女子って「虚言癖」と呼ばれる子が必ずどのクラスにも一人はいるらしい。きっと、嘘をつくつもりも、嘘をついている自覚もない。ただ、自分の気持ちをどう表現していいか分からないから、寂しいって言うのが怖いから、次々と理由を探してしまう。

☆この物語は偶然うまくいったけど、だいたいの場合、こういう時はそっとしておいた方がいい、と、個人的には思う。ノート（今はノートや手帳よりも、匿名の裏アカでネットに書いている子が多いかな）に、現実とは違う自分の物語を書くことで、心のバランスを取れている場合があるし。話を聞いてあげるのなら河田さんタイプじゃなくて、もう少し似たようなタイプの女子がいいかも知れない。

☆リスカをする子は死にたいんじゃない、生きたいからするんだ。そうツイッターに書いたら炎上した事がある。でも「全然分かってない！ 本当に死にたいんです！ ほら！」といくら腕の傷を見せられても、どうしても、その傷からは小さく「生きたい」という声が聞こえる。

☆物語としては綺麗に終わって面白かったけど、実際この「あと」の彼女達の大変さを想像すると、結構心配です。どうかな。中学生達だけで、藤崎さんを抱えきれるかな。

「プリーツ・カースト」

スカート短いグループ、いわゆるイケてるグループに属しているエリは、いちばん華やかな梓たちにウケるため、昔友達だった真由をネタにして笑いを取る。真由はスカートの長い、スクールカースト最下位の女子です。仲間内のその場のノリで言っただけ。それで終わると思っていたのに、いつしか真由はクラス全員からいじめを受けるように……。

☆女子の地位は、スカートの丈で決まっている。この現象についていろんな本が出ているけれど、スカートが短い女子はいい香りがして、スカートが長い女子は汗臭いってところで爆笑してしまいました。においまで分析してある本ははじめて。

☆最近はスカートの長い方がカースト上位の学校も増えています。ダサいから長いんじゃなくて、いわゆる洗練された系の女子が、小奇麗に大人ウケが良い格好をしているということ。こういう学校では、逆にスカート短い系女子は見下されています。この場合、汗臭いのはいつも廊下に座り込んでいたりする、スカート短いグループです。学校によってカラーがあります。

☆誰か一人が「生贄《いけにえ》」になりさえすれば、自分の立ち位置をキープしたい者は安心できる。何の悪意もなくエリは、自分のポジションをキープするために真由を売ってしまう。身分制度も、人種差別も、プリーツスカートの丈も、みんな生贄の記号。「こういう人はからかってもいいんだ」そう自分に言い訳するための、単なる記号でしかないのに。

☆最初はチクリと罪悪感を覚えていても、笑っているうちに感覚が麻痺してだんだん楽しくなってきてしまったり、相手をいじめる事を何とも感じなくなってしまう人がほとんど。相手が同じ人間である事すら分からなくなって行く人が沢山います。集団でつるんでいればいるほど、そのスピードは驚くほど早い。だから「醜い生き物は、あたしたちの方だ」と、最後まで戸惑うエリに救われました。実際にはあまり起きない奇跡の気づき。あの後のハッピーエンドを信じたいです。

「放課後のピント合わせ」
インターネットに溢れる自我、煽《あお》る人々、承認欲求に抗えない堀内しおり。いつもくっついて来ていたはずの友達のナオはいつの間にかしおりを置いて、友達を増やし彼氏も作り、女子力が高いリア充に。それに伴い、しおりがUPする画像も過激になっていく。閲覧者の要求に応えるという言い訳を探しながら、しおりは日々「女の子」を消費する。

☆学校で画像を撮影していたしおりに、そ知らぬ顔で一眼レフを貸してくれる柳先生。一台の一眼レフが、たった少しの「本物」が、しおりの承認欲求をバーチャルからリアルに、大人の真似事から学生に、孤独から友達の輪の中に引き戻す。それは本物の写真の力なのか。それとも、（たぶんお見通しだった）柳先生の絶妙なシナリオ通りなのか。

☆ネットで写真を載せれば、見知らぬ誰かが褒めてくれます。どこの誰かも分からない人から求められる事は気持ちいい。でも、それにはリスクもあるし、投げられる言葉も賞賛ばかりではありません。関心をひきたい！　注目を集めたい！　と、飽きっぽいネットの流れに忘れられないように、次々と新しい餌を用意しようと奔走する状態は異常。ネットをやりたければ、決して依存しない、流されない精神力が必要だと思います。

☆元々、しおりは注目を集めるのが好きで、他人を喜ばせたいというサービス精神がある子なんだろうなと思います。だからもしかしたら柳先生やナオだけでは、しおりをこちら側のリアルに取り戻せなかったかも知れません。でも友達が多いナオが親友だった事で、学校の中にもちゃんと、しおりを取り巻くあたたかな空間ができました。しおりの写真がもし次にネットにあがる時があるとすれば、それは学生写真コンクールのようなものかも知れません。

☆この本では全体的に友達少なめ・グループから距離を置いている登場人物が多いけど、団体には団体にしか出せない空気ってありますね。自分をちゃんと見てくれる人たちに囲まれる絶対的安心感。集団になるとなぜか嫌な空気になってしまいがちな女子ですが、この作品を読むと純粋に「女の子グループっていいな！」と思えます。

「雨の降る日は学校に行かない」

きっかけは、クラスのグループメッセージを既読にしたのに返信せず、一日そのままにしてしまったこと、たったそれだけ。あの日から臭い牛乳まみれの雑巾を渡され、「臭い」「気持ち悪い」「いつ死ぬんですか」と言われる毎日が始まった。美人で華やかな飯島さん達から、陰湿ないじめを受けている「さっちゃん」。この物語の語り手は「ねぇ、卵の殻が付いている」のサエ。あのサエがどうして保健室に来ることになったのか、彼女が保健室、そして、ナツと出会う前のお話です。

☆担任の川島先生最悪。こういう先生大嫌い、許せない。いじめられている子に向かって、お前に協調性がないから？　やる気がないから？　教室に溶け込めるようにもっと努力しろ？　挙句の果てに「いじめている飯島みたいに明るい子を見習え」は？？？　本の中に入ってぶん殴りたい。

☆この時のサエの気持ち。「協調性ってなんですか。みんなで、わたしのことを無視して、すれ違うたびにくさいって言葉を合わせることですか。教室の雰囲気を盛り上げるってなに。牛乳にまみれた雑巾を頭から被《かぶ》って爆笑されることですか。わたしの気持ちが伝わらないから、だからみんな、わたしのこと死ねって言って笑うんですか。わたしが努力していないから、わたしが生きにくい人間だから。」けれどサエの口から出た言葉は、「失礼しました」の一言だけでした。これだけの言葉を飲み込んで、我慢して、一体どれほどつらかっただろう。こんなこと、たとえ実在しない先生でも許せない。本の中からも消えてもらいたい。でも、恐ろしい事に、こういう教師はたくさんいる。今もどこかで大勢のサエが泣いている。現実に。地獄。

☆机を雨のベランダに出され、牛乳雑巾で髪の毛を拭かれ、学校に行けなくなったサエを保健室の長谷部先生が訪ねて来る。学校に行きたくなければ行かなくてもいいんだよ。学校に行かなくても勉強は出来るよ。その言葉はあたたかくもあり、そして理不尽。サエは叫ぶ。「悔しいっ、悔しいよっ……！　ほんとうはっ、わたしだって、わたしだって、学校に行きたい！　学校で、友達を作って、普通に勉強したかったっ！」

☆そうして、サエは保健室に登校することを選んだ。いろんな生き方があっていい。無理に学校に行く必要はない。嫌なら行かなくてもいい。それは優しさや思いやり、本人の身を案じての言葉かも知れない。けれど、当たり前の、誰にでも与えられる当たり前の生活を、学校を、誰かに無理やりにもぎ取られ、取り上げられる事はあってはならないと思う。

☆この物語には、いじめの過ちがすべて詰まっている。いじめられる側に原因があると言って責める先生、先生ウケが良い潑剌《はつらつ》とした生徒を可愛がる先生、うちの子は人見知りが激しくて～と卑下する親、行きたくないなら行かなくてもいいのよ、学校が世界の全てじゃないのよと言う先生。

☆学校は世界の全てじゃない。いろいろな学び方はあるし、世界は広い。時には逃げる事も休む事も必要だ。そう教えてくれる保健室の長谷部先生は、いい人だ。けれど、それでは本当にいじめられている子の気持ちは救えません。

☆行きたくないんじゃない。行かないんじゃない。ただ、ただ、みんなと同じように、普通に学校に行きたい。強制的に行けなくされているだけだ。それなのになぜ、いじめている子たちは学校に行けて、それを誰も咎《とが》める事もしないで、いじめられた子には「つらかったら学校に来なくてもいいんだよ」なのだろう。

☆何年間も、何年間も、何人が命を絶っても、それでも学校は変わらない。

☆長谷部先生の対応が限界なのは分かっています。でも、「負けたくない、逃げたくない」「普通に学校に行って勉強がしたい」サエの気持ちを、いじめっ子である飯島さんの自由よりも、真っ先に優先してあげられる。いつか、そんな学校が出来て欲しい……。

☆　☆　☆　☆　☆

インコを飼っています。二羽め以降は雛《ひな》から育てました。鳥は最初から鳥かごにいるものだと思っていましたが、最初は虫かごのような小さなプラスチックのケースでした。一人前に飛べるようになるまではそこであたためて、飛び立つ練習をさせるのです。ひとたび鳥かごを開ければ人間なんか手が届かない……広い広い空へ飛んでいけるはずの生き物が、小さなプラケースで犇《ひし》めき合っていました。数時間おきに餌をあげようと近づくと、強い雛は弱い雛の上に乗って、自分により多くの餌をくれと懸命にアピールします。それでも下で踏み潰されている雛に餌をあげようとすると、強い雛は、今度はその雛を嘴《くちばし》でつつき出します。そんな彼らも眠るときは、一箇所に団子になって寄り添い、お互いを守りあうようにくっついて眠ります。傷つけあい、守りあい、比べあい、あたためあう。プラケースは小鳥たちを狭い世界に閉じ込めている枷《かせ》ですが、同時に広い世界の外敵や事故からもしっかりと守っているのです。そうこうしているうちに鳥たちは、「餌はちゃんと平等に全員分あり、奪い合う必要などない事」に気づき、マウンティングをやめます。その間わずか数日。私たち学生にも、平等に学ぶ場所が用意されています。教科書も教育も居場所も人数分あります。いつか羽が生え揃い、プラケースが狭くなるその日まで、少しだけ寄り添って眠りませんか……？

（はるな・ふうか　声優、タレント）

集英社文庫

雨《あめ》の降《ふ》る日《ひ》は学校《がっこう》に行《い》かない

2017年3月25日　第1刷
2018年2月11日　第5刷

定価はカバーに表示してあります。

著　者　相沢沙呼《あいざわさこ》

発行者　村田登志江

発行所　株式会社　集英社
東京都千代田区一ツ橋2-5-10　〒101-8050
電話　【編集部】03-3230-6095
【読者係】03-3230-6080
【販売部】03-3230-6393（書店専用）

印　刷　凸版印刷株式会社

製　本　加藤製本株式会社

フォーマットデザイン　アリヤマデザインストア　マークデザイン　居山浩二

ISBN978-4-08-745553-3 C0193